雨中的猫

CAT IN THE RAIN

〔美〕海明威　等著

杨立龙　译

泰山出版社 · 济南 ·

图书在版编目（CIP）数据

雨中的猫 /（美）海明威等著；杨立龙译. —济南：泰山出版社，2020.12（2022.1 重印）
ISBN 978-7-5519-0601-2

Ⅰ.①雨… Ⅱ.①海… ②杨… Ⅲ.①短篇小说—小说集—世界 Ⅳ.① I14

中国版本图书馆 CIP 数据核字（2020）第 259249 号

YUZHONG DE MAO
雨中的猫

著　　者：〔美〕欧内斯特·米勒尔·海明威等
译　　者：杨立龙
插　　图：虫　二
责任编辑：池　骋
装帧设计：路渊源

出版发行：泰山出版社
社　　址：济南市泺源大街 2 号　邮编：250014
电　　话：综　合　部（0531）82023579　82022566
市场营销部（0531）82025510　82023966
网　　址：www.tscbs.com
电子信箱：tscbs@sohu.com
印　　刷：山东临沂新华印刷物流集团有限责任公司
开　　本：140 mm × 210 mm　32 开
印　　张：6
字　　数：120 千字
版　　次：2021 年 1 月第 1 版
印　　次：2022 年 1 月第 2 次印刷
标准书号：ISBN 978-7-5519-0601-2
定　　价：28.00 元

目 录

01. 雨中的猫

〔美〕欧内斯特·米勒尔·海明威

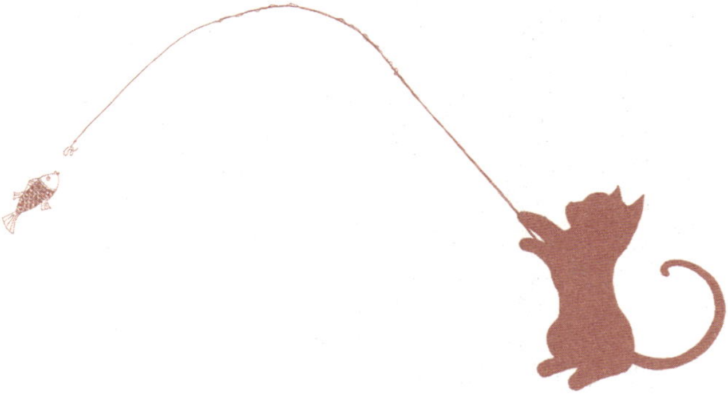

旅馆里入住了一对美国客人。他们上楼下楼，进出旅馆，遇到的都是陌生人。他们的房间在二楼，临海，正对面是公园和战争纪念碑。公园内长着高大的棕榈树，还摆放着绿色的长凳。天气好时，便能见到一位画家在画架前作画。艺术家们喜欢高耸的棕榈树和海边花园酒店的亮丽色彩。那些意大利人大老远来此瞻仰纪念碑。纪念碑是铜铸的，被雨水冲刷得干干净净，散发着迷人的光泽。天空还飘着雨。雨水顺着棕榈叶流下，很快，砾石路上便有了片片水洼儿。海水在雨中排成一条条优雅的曲线向岸边涌来，到沙滩退去又一齐涌来。汽车在广场纪念碑前行驶。广场对面咖啡馆门口站着一个服务生，他正呆呆地望着空荡荡的广场。

美国太太站在窗前向外观望，外面，就在他们窗下，一只猫正蜷伏在一张滴着雨水的绿色桌子下面，它紧紧地蜷缩成一团，生怕被雨淋着。

“我要下去把猫咪抱上来。”美国太太说。

“我去吧。”她丈夫在床上说道。

“我去。那只可怜的猫正在桌子下躲雨呢！”

她丈夫继续躺着看书，背后垫了两个枕头靠在床头。

“你别淋着！”他说。

妻子走下楼。当走到柜台时，旅馆的老板起身鞠躬，向她致意。老板是个高个子老头儿。他的办公桌在柜台后的最里面。

“下雨了！”她说。她喜欢旅馆的老板。

“是是是，太太，天不好，很不好。”

他坐在昏暗的柜台最里面的那张桌前。她喜欢这个老板。她喜欢他在旅客抱怨时那一脸严肃的表情，喜欢他的那份尊严，喜欢他表现出的乐于为她效劳的神态，喜欢他身为老板自豪的样子，喜欢他那张饱经沧桑的脸和他那双厚实的大手。

她推门往外看，雨更大了。一个身着橡胶雨衣的男人正从空无一人的广场走向咖啡馆。猫绕向了桌子右边。她看到可以从屋檐底下绕过去。当她站在店门口准备出去时，一把雨伞在她身后撑开了。是负责打扫她房间的女侍者。

“您可别被雨淋了。”她笑着用意大利语说。很显然，是老板让她过来送伞的。

女侍者在旁边给她打着伞，她们沿着砾石路一直走到他们房间的窗下。桌子还在那儿，被雨水洗得绿莹莹的，猫却不见了，她不由得惆怅起来。女侍者抬头看了看她。

“您丢什么东西了，太太？”

“刚才这有只猫的。”美国太太说。

“猫？”

“是的，是个猫咪。”

“猫？”女侍者笑了，“雨里还有猫？”

“有，”她说，“就在桌子底下。我很想帮助它，我想要只小猫。”

当她用英语回答时，女侍者的脸紧绷着。

“走吧，夫人。”她说，“我们还是回屋里去吧，您会淋湿的！”

“好吧。”美国太太说。

她们原路返回旅馆。女侍者在门外收起雨伞。

当美国太太走过柜台时，老板在桌后向她欠了欠身。她感到内心有种说不出来的感觉，很紧张。老板令她感觉自己很渺小却很重要，她一时觉得自己无比尊崇。她迈步上楼，打开房门，见她的丈夫乔治还在床上看书。

“你逮着猫了？”他放下书，问道。

“跑了。”

“能跑哪儿呢？”他说，眼睛离开了书本。

她在床边坐了下来。

“我太想得到它了，”她说，“不知咋回事，我还是放心不下。我在想那可怜的猫咪，让雨淋着它可不好。”

乔治又埋头读书了。

她起身坐到梳妆台前，拿起一把镜子。她打量着自己，左看右看，然后又仔细地看着后脑勺和脖子。

“如果把头发留起来，是不是更好？”她问她的丈夫，一边仔细打量着自己。

乔治抬起头，看到她后面头发剪得短短的，像个男孩子。

“我喜欢这样。”

“我可不喜欢，”她说，“像个男孩子，可烦死了！”

乔治在床上翻了个身。他目不转睛盯着她，一直注视着她。

“你很美！”

她把镜子放下，走到窗前，外面天要黑了。

“我想把头发往后梳，扎紧梳平，挽个大结，让我能摸到。”她说，“我多想膝上趴着只小猫，我一摸它，它就喵喵叫。”

“是吗？”乔治在床上问。

“我想在烛光下，用自家的银器吃饭。我希望现在就是春天，我想在梳妆镜前梳理长发，我想养只小猫，还想添几件衣服。”

“哦，快别说了，还是找点书读吧。”乔治说罢，又看起书来。

他的妻子向窗外望去，天很黑了，雨仍打在棕榈叶上。

“我还是想养只猫，”她说，“我要猫，现在就要。如果留不了长发或没有其他好玩的，我就养只猫。”

乔治不听她的，继续看书。她循着广场上的灯光向外望去。有人敲门。

“请进。”乔治抬头说道。

门开了，门口站着女侍者，她怀里紧紧抱着一只大玳瑁猫，猫一下子蹿了下来。

“打扰了，”她说道，“老板让我把这只猫送给太太。”

02. 会求雨的猫

〔法〕马塞尔·埃梅

傍晚，爸爸妈妈下地回来，看见猫正在井台边忙着梳洗。

“唉，”他们说，“瞧呀，猫又在那儿挠耳朵了。看来明天又要下雨了。”

第二天，果真下了一整天雨，谁也别想着下地啦。爸爸妈妈出不了门，窝着火，对两个女儿也就没好气。德尔菲娜是姐姐，妹妹马里内特有一头美丽的金发，小姐妹俩在厨房里玩飞鸽子、小骨拐、布娃娃和“狼来了吗”的游戏。

“一天到晚就知道玩，”爸爸妈妈嘟嘟囔囔，“就知道疯玩，都这么大了。等着吧，她们就是长到十岁，也还是玩。学学针线活，给阿尔费雷德叔叔写信聊聊，这不是更有用吗？”

他们嘟囔完女儿，又数落起坐在窗台上看雨的猫。

“你这个猫也一样，整天光闲着。从地窖到阁楼那么多老鼠到处窜。可是，你这位先生就愿意让人喂，什么活儿也不干，这倒轻快。”

“你们看这不顺眼，看那也不顺眼。”猫说。“白天就是睡觉和玩的。到了晚上，我在阁楼里跑来跑去逮老鼠时，你们可没跟在我后面夸奖我。”

“好了，啥时候都是你对，哼！”

傍晚的时候，雨还在下。趁爸爸妈妈在马棚里忙活时，小姐妹俩又围着餐桌玩起来。

“别在厨房玩。”猫说，“说不定又要把啥家什打碎，爸爸妈妈又该嚷你们了。”

“如果听你的，”德尔菲娜说，“那我们就不用玩了。”

“说得对，”马里内特附和说，“跟阿方斯（这是她们给猫起的名字）在一起，就只能睡觉。”

阿方斯没再说什么，小姐妹俩又开始跑起来。桌子正中间摆着个瓷盘，在家里用了得有一百年了，爸爸妈妈拿它当宝贝看。德尔菲娜和马里内特跑着跑着，连想也没想，抓起一个桌子腿就往上抬。瓷盘慢慢滑下去，掉到方砖地上，摔成了好几瓣。猫仍然坐在窗台上，连头也没回。小姐妹俩只觉得耳根子发红发热，再也没心思跑了。

“阿方斯，瓷盘打碎了，这可怎么办呢？”

“把碎片儿捡起来，扔到沟里去，也许爸爸妈妈发现不了。唉，来不及了，他们回来了。”

爸爸妈妈一看地上盘子碎了，不由大怒，在厨房里乱蹦跶。

“小冤家呀！”他们嚷起来，“这可是家里传了上百年的宝贝盘子！让你们给打碎了！你们两个小魔鬼，也成不了啥事。该惩罚你们，不准玩，只能啃干面包！”

爸爸妈妈认为惩罚力度还不够，想了一下，狠了狠心，对小姐妹俩又说：

“不行，不罚吃干面包了。明天要是不下雨的话……明天……哈！哈！哈！明天，你们就得去看梅利娜姑妈！”

德尔菲娜和马里内特脸色顿时煞白，两手交叉攥在一起，用哀求的目光看着爸爸妈妈。

“求也没有用！要是天不下雨，你们就去梅利娜姑妈家，给她送罐果酱去。”

梅利娜姑妈是一个非常凶的老太婆，满嘴的牙齿掉光了，下巴长满了胡须。小姐妹俩到那村子去看她时，她总是亲她们，胡须扎得脸疼，很让人讨厌，她还不断掐她们，揪她们的头发。她还逼着她们吃已经发了霉的面包和奶酪，那些本是她特地留给她们的，放时间长了，都长毛了。此外，梅利娜姑妈还觉得两个侄女长得很随她，很肯定地说，到不了年底，她们就会长得跟她一模一样。想想就可怕。

“可怜的孩子，”猫叹口气说，“就因为打碎一个有缺口的盘子，受这么重的惩罚。”

“你瞎掺和什么？既然你替她们说话，那么打盘子也许有你的事吧？”

“嗳！没有，”小姐妹俩说，“阿方斯根本就没离开窗台。”

“住嘴！哼！你们是一伙儿的，你们就打马虎眼儿吧，犯了错，没有人愿意替另一个扛着。一只整天睡觉的懒猫……”

“你们既然这样说，”猫说，“那我还是走吧。马里内特，给我打开窗户。”

马里内特打开窗户，猫跳到院子里。这时，雨恰巧停了，微风渐渐吹散乌云。

“天开始转晴了，”爸爸妈妈开心地说，“明天准是个好天，你们立即去梅利娜姑妈家。好了，哭够了吧！盘子碎了，哭也不能把盘子哭好。喂，还是到仓房里抱劈柴吧。”

小姐妹俩走进仓房，看见猫正蹲在劈柴垛上。德尔菲娜透过泪光，看猫洗脸。

“阿方斯，”她叫了一声，脸上露出愉快的笑容，妹妹好不奇怪。

“干什么呀，我的小姐姐？”

“我想了，明天，你要是愿意，我们就不用去梅利娜姑妈家了。”

“那太好了，但是，非常可惜，我对你们爸爸妈妈说啥话，他们都听不进去。”

“正好，也用不着你跟爸爸妈妈说了。你知道他们说什么了吧？如果不下雨，就让我们去姑妈家。”

“怎么办呢？”

“你只要把爪子伸到耳朵后边，明天就会下雨，我们就不用去梅利娜姑妈家了。”

“好，没错，”猫说，“我怎么就没想到呢，这是个好主意。”

猫立即把爪子放到耳朵后边，一连挠了五十多下。

“今晚，你们可以睡个安稳觉了。明天准下大雨，连狗都出不了门。”

吃晚饭的时候，爸爸妈妈一直在谈梅利娜姑

妈。他们已经准备好了一罐果酱，要送给她。

小姐妹俩憋了一大会子，没笑出来，马里内特看到姐姐看她，有好几次要笑时，赶紧假装吃饭噎着了。到了上床睡觉的时候，爸爸妈妈从窗口探出头去看天。

“要说夜色好，”他们说，“今晚上夜色是真好。天空中这么多星星，以前恐怕还从来没见过呢。明天正好出门儿。”

不料第二天，天灰蒙蒙的，一早就开始下雨了。“没关系，”爸爸妈妈说，“这雨长不了。”他们让女儿穿上节日的衣裙，头发扎上粉丝带。可是，雨下了一上午，又一直下到天黑，小姐妹俩不得不脱下节日衣裙，解下粉丝带。不过，爸爸妈妈依然心情很好。

“不就是往后推一推嘛。你们明天就得去看望梅利娜姑妈。天开始放晴了。都五月了，要是连着下三天雨，那才少见呢。”

这天晚上，猫洗脸时，又用爪子挠耳根，第二天又是个雨天。跟昨天一样，不能打发女儿去梅利娜姑妈家了，爸爸妈妈的心情开始不好了。因为天气不好，眼看惩罚一拖再拖，他们心里老大不高兴，再加上下不了地，干不了活，心里更窝火。他们动不动就对女儿发脾气，一直在嘟囔，说她们只会打碎盘子。“去看看梅利娜姑妈，对你们会有好处。”他们接着说，“等天一放晴，你们一大早就去。”他们正在气头上的时候，又碰见了猫，于是一个用扫帚打，另一个拿脚踢，还骂猫是废物，懒猫一只。

“噢！噢！”猫说，“我没想到你们这么狠。你们无缘无故打我，你们早晚会后悔的。”

假如爸爸妈妈不惹起这个事，那么用不了多久，猫就不再让天下雨了，因为他爱爬树，爱到田野里、树木间乱蹿腾。为了给朋友解忧，免得她们看望梅利娜姑妈时受她的罪，害得他自己也出不了门，他觉得太过分了。然而，他们又是用脚踢他，又是用扫帚打他，他都清清楚楚地记着。用不着小姐妹俩恳求，他也要用爪子挠耳根。此后，他就把这当成自己的事。连着八天，从早到晚，雨下个不停。爸爸妈妈无奈，只好待在家里，眼睁睁看着地里的庄稼烂了根，再也无心生他们的气了。他们已经忘掉瓷盘和看望梅利娜姑妈的事，只是会上下打量着猫，嘴里小声嘀咕着，好长时间了，谁也猜不透他们葫芦里卖的什么药。

雨下到第八天，一大早，爸爸妈妈不顾天气不好，就打算去车站，把几袋土豆运到城里去。德尔菲娜和马里内特起来，看见爸爸妈妈正在厨房里缝一个袋子，桌上还放着一块少说也有三斤重的大石头。小姐妹们不解，便问这是干什么。爸爸妈妈神情有点慌张，回答说是要跟土豆一起托运。这时，猫走进厨房，有礼貌地向所有人打招呼。

"阿方斯，"爸爸妈妈说，"给你一大碗鲜奶，放在炉灶旁边了。"

"谢谢，主人，你们太好了。"猫说。父母这样做，他感到有些意外，他们待他这样好，还有些不习惯。

正当他喝奶的时候，爸爸妈妈一人抓住他两条腿，把他头朝下，一下塞进袋子里，再把三斤重的石头装进去，用粗绳把袋子口扎紧了。

“你们这是干什么？疯了吗！”猫在袋子里边挣扎边大声叫唤。

“干什么？”孩子们的父母说，“每晚都挠耳朵，这样的猫我们不喂了。这雨下得也够多了。既然你这么喜欢水，小家伙，那就让你喝个够。五分钟后，你就到河底去洗脸吧。”

德尔菲娜和马里内特哭闹着，不让把阿方斯扔进河里。爸爸妈妈继续叫嚷，什么也拦不住他们淹死一只会求雨的脏兮兮的猫。阿方斯喵喵叫，发疯一般在袋子里挣扎。马里内特隔着布袋拥抱他，德尔菲娜跪下来求情。“不行！不行！”爸爸妈妈像魔怪一样吼叫，“不能可怜那只邪恶的猫！”突然，他们发觉快到八点了，再不走，就要晚了。两人急急忙忙披上雨衣，戴上雨帽，对女儿说：

“现在没时间去河边了，等我们中午回来再说。在这之前，你们别想着打开袋子。到了中午回来，如果我们发现阿方斯不在里面，你们就得立马去梅利娜姑妈家，住上半年，也许要住一辈子。”

父母刚一上路，德尔菲娜和马里内特就解开了袋子绳。猫伸出头来，对她们说：

“我一直认为你们有一颗金子般的心。如果我同意为救自己，眼看着你们去梅利娜姑妈家住半年，或许更长时间，那我会伤心不已。为了让我活命，要你们付出这种代价，那我宁愿让人把我扔进河里一百回。”

“梅利娜姑妈并不像人们说得那样凶，再说，也就是半年，很快就会过去的。”

可是，猫说什么也不听。为了表明决心已下，他又把头缩进袋子里。德尔菲娜竭力劝他，马里内特则走到院子里，问鸭子有什么办法。鸭子正淋着雨在一个水坑里扑棱，他办法多，做事认真。为了更好地思考，他把头埋到翅膀里。

“我绞尽脑汁也想不出办法来。”鸭子终于说话

了，“想让阿方斯从袋子里出来，没好办法。我了解他，他特别固执。如果强行把他拉出来，等爸爸妈妈一回来，他要去见他们的话，谁也拦不住。再说，我认为他做得很对。比如说我吧，如果因我的错，连累你们不得不去受梅利娜姑妈的摆布，那我良心就会极度不安。”

“那我们呢？如果阿方斯给扔到河里淹死了，我们就不受到良心的谴责吗？”

“那当然，那当然，”鸭子说，“必须找一个皆大欢喜的办法。可是我考虑来考虑去，啥法子也没有。”

马里内特倒有个想法，她想去找农场的动物们商量。为了不浪费时间，她决定让他们都来厨房商量。马、狗、公牛、奶牛、猪、家禽，都来了，一个个坐到小姑娘指定的座位上，坐了一圈。猫在中间，他同意把头伸出来。鸭子坐在他旁边，首先发言向大家介绍情况。等他讲完了，大家开始静静地考虑。

“有谁想出办法了吗？”鸭子问。

“我，”猪回答，“是这样，到了中午，主人回来的时候，我跟他们谈谈。他们想出这种馊主意，我要使他们认识到，这是耻辱。我要向他们解释，动物的生命也是神圣的，他们要是把阿方斯扔到河里，就会犯下可怕的罪行。他们一定会理解的。”

鸭子点点头，表示有同感，但猪的话似乎并不能让他信服。在主人看来，猪终究就是用来做腊肉吃的，他那套说辞恐怕没有多大分量。

“谁还有好办法？”

“我，”狗说，“让我搞定这件事。等主人回来扛袋子，我就咬住他们的腿肚子，直到他们把猫放掉。”

这主意看来不错，德尔菲娜和马里内特虽然有点动心，却不愿意让狗咬爸爸妈妈的腿肚子。

“请再仔细想想，”一头奶牛说，“狗特别听主人的话，根本不敢下口咬。”

“没错，我太听话了。”狗感叹道。

“有一个更简单的办法。”一头白公牛说，“干脆让阿方斯出来，把一块劈柴放进去。”

公牛的话引起一阵议论，大家深表赞许，但猫却摇了摇头。

“不行，主人会发现里面不会动，不说话，也不喘气，他们马上就能识破。”

必须承认，阿方斯的话有道理。动物们有点泄气，都不说话了。这时，马开始发言，这是一匹老马，站都站不稳了，主人不再使唤他了，准备把他卖到屠宰场去。

“我活不长了，”马说，“怎么都是个死，还不如干点有益的事。阿方斯还年轻，前途光明。自然应当由我代替他，钻进袋子里。”

听了马的建议，大家不由为之动容。尤其是当事者阿方斯，他从袋子里出来，弓起他那宽厚的背，在老马腿上蹭过来蹭过去。

“你是我最好的朋友，也是最慷慨的。”猫对老马说，“如果我三生有幸，淹不死，我也永远不会忘记你想为我做出的牺牲，我衷心地谢谢你。”

德尔菲娜和马里内特鼻子一酸，哭了起来。猪也有一颗美好的心灵，他不由放声大哭。猫用爪子一直擦眼睛，继续说：

“可惜，很遗憾，你的办法实现不了，因为，我愿意接受你基于这么真挚的友谊给我提出的建议，可是袋子仅仅能装下我，你替不了我。恐怕你连脑袋也钻不进去。”

很明显，小姐妹俩和在座的所有动物都替不了他。站在阿方斯身边，老马简直就是庞然大物。一只公鸡没脑子，他觉得他俩对比很滑稽，就咯咯笑起来。

“安静！”鸭子对他说，“哪还有心思笑，你不明白吗？真是个不懂事的顽童。请给我们出去。”

“喂，”公鸡反驳说，“管好你自己的事吧！难道我向你打听时间吗？”

“天哪，真粗鲁，”猪低声说。

“滚！”动物们纷纷喊道，“公鸡，滚出去！滚出去，粗鲁的家伙！滚出去！”

公鸡气得冠子通红，在大家的斥责声中灰溜溜跑出厨房，他发誓要报复他们。下雨了，他连忙躲进仓房。几分钟后，马里内特也进来了，她在柴堆里仔细挑选一块劈柴。

“也许我可以帮你找到你中意的吧。”公鸡和气地建议。

“哦！不用。我得要有形状的……得有一定形状。”

“对，像猫一样的。但正如阿方斯所说，父母准会看到，劈柴不会动的。”

“确实不行。”马里内特回答，“鸭子已经有了主意……”

刚才在厨房里，马里内特听大家说要防着点公鸡，她怕自己话已经说多了，就打住了，拿起刚刚选好的一块劈柴，离开了。公鸡看着她冒雨跑进厨房。过了一会儿，德尔菲娜和猫跑出来，打开谷仓的门，猫走进谷仓，德尔菲娜在门口等着他。公鸡双眼圆睁，怎么也弄不清他们要干什么。德尔菲娜时不时走到厨房窗前，焦急地问几点了。

“十一点四十了。”马里内特第一次回答。

“十一点五十……十一点五十五……”

猫没有再露面。

除了鸭子，所有动物都离开厨房，各找地方避雨去了。

“几点啦？”

“十二点，全完了。好像……你听见了？马车声。是爸爸妈妈回来了。”

“糟了，”德尔菲娜说，“我要把阿方斯关在谷仓里。去梅利娜姑妈家住上半年，反正也死不了。”

她伸手正要关门，阿方斯嘴里衔着一只活老鼠，出现在门口。爸爸妈妈的马车驶得很快，已经到了路口。

猫和德尔菲娜前后脚冲进厨房。马里内特已经用破布包好劈柴，让它摸上去软和点儿，然后把劈柴放进袋子里。现在，她又打开袋子口，猫把他准备的老鼠放进去，袋子接着扎上了口。

父母的车子已经走到花园的门口。

“耗子，”鸭子俯身向袋子说，“猫发善心，饶你一条小命，但有一个条件，你听见了吗？”

“哦，听见了。”一个细微的声音回答。

“只要求你干一件事，就是在里面的劈柴上跑来跑去，好让人以为在动。”

“这容易。还有吗？”

“还有，等一会儿有人会拿走袋子，扔进水里。”

“哦，但是……”

“没有但是。袋子下面有一个小洞。如有必要，你就把洞咬大点儿，等你听见旁边有狗叫，你就逃出来。但是在狗叫之前可别逃，不然他会咬死你。明白了吗？千万记住，不管发生啥事，都不要喊，不要说一句话。”

爸爸妈妈的马车驶进院子。马里内特把阿方斯藏在木箱里，把袋子放到箱盖上。在父母卸车时，鸭子离开了厨房，小姐妹俩故意揉了揉眼睛，都揉红了。

“真是鬼天气。”爸爸妈妈一进门就说，“斗篷都湿透了，都是这猫的事！”

“要是不把我弄到袋子里，”猫心里想着，随口说了出来，“我也许发善心可怜你们。”

猫窝在木箱里，正好在袋子下面，说话的声小了一些，好像是从袋子里发出来的。老鼠在袋子里，从劈柴上来回跑，袋子布一拱一拱的。

“我们是主人，用不着你可怜。倒是你够可怜的，落到了袋子里。不过，你这是罪有应得。”

“算了，主人，算了。你们看起来狠，其实并不是那样。把我放出来吧，我保证原谅你们。”

“原谅我们！你简直太过分了。这一个星期，也许是我们天天求雨了吧？”

“那倒不是，你们哪有这个本事。”猫说，“那天，是你们无缘无故打了我。恶魔？刽子手！简直没心肝！”

“哼！该死的猫，”父母叫嚷着，“你竟然骂起我们来了！”

他们气坏了，摸起扫帚就往袋子上打，啪啪啪全打在布包的劈柴上。老鼠吓坏了，在袋子里乱窜，阿方斯假装疼得嗷嗷乱叫。

“这次看你长记性不？还说我们没心肝吗？”

“我不搭理你们了。”阿方斯回敬道，“你们爱咋说就咋说，反正我不会再对你们这样狠的人张口说话了。”

“随你便，小家伙，就这样吧。好了，我们去河边。”

爸爸妈妈抓起袋子，不顾小姐妹俩的叫喊，从厨房里走出来。狗一直在院子里等着他们，接着就跟在他们身后。狗满脸惊愕，他们的表情则有些不自然。他们从仓房前边经过时，公鸡叫住了他们：

“喂，主人，你们要淹死可怜的阿方斯吗？不过，让我说，他肯定已经死了。”

“这很可能，他挨了一顿扫帚，恐怕不会再有动静了。”

说着，他们瞧了一眼藏在斗篷里的袋子。

“可是，他总该动动吧。”

“对，”公鸡说，“如果袋子里装的是块劈柴，而不是只猫，你们当然听不到动静了。”

“事实上，他刚才对我们说，他再也不开口了，甚至不回答我们的问话了。”

这一次，公鸡不敢再怀疑猫不在袋子里，便祝他们一路顺风。

就在他们说话时，阿方斯已经从木箱里出来，在厨房里和小姑娘们跳了一圈舞。鸭子看他们玩得高兴，不愿意扫他们的兴，不过，他一直担心，想到孩子们的父母也许发现调了包。

“现在，应当小心行事。”鸭子看他们跳完萨拉班德舞了便说，“不能让他们一回来就在厨房里看到猫还活蹦乱跳。阿方斯，快躲到阁楼里去。记住，白天千万不要下来。”

“每天晚上，”德尔菲娜说，“你在仓房都能找到吃的东西和一碗牛奶。”

“白天，”马里内特保证说，“我们会上阁楼给你打个招呼。”

“我会到你们房间去看你们。晚上，你们要睡的时候，把窗户闪条缝就行了。”

小姐妹俩和鸭子一直把猫送到谷仓门口。他们与那只老鼠同时到达：老鼠从袋子里逃回来了。

“怎么样？”鸭子问。

“我身上都湿透了，”老鼠说，“冒雨跑回来，回来的路可真长啊，总也走不到头。你们想想看，我差点儿给淹死。狗到最后一秒钟才叫，那两口子已经到河边了。差一点点他们就把我连袋子一起扔进河里了。”

“还好，一切还算顺利。”鸭子说，“别磨蹭了，你赶紧回谷仓吧。”

爸爸妈妈回来，看见两个女儿在摆桌子，还唱着歌，大吃一惊。

“真的，可怜的阿方斯死了，看样子你们不怎么难过。那在他走的时候，你们就没必要大声喊叫哭闹。老实说，他应当交些更忠实的朋友。其实，他是只很好的猫，我们会非常想念他。”

“我们很难过。”马里内特说得很肯定，“但是，他既然死了，也就死了。对此，我们也无能为力。”

“毕竟，他死得一点儿也不冤枉。”德尔菲娜补充了一句。

“我们不喜欢你们这样说他。”爸爸妈妈责骂道，“真是冷酷无情。我们很想，对，很想把你们打发到梅利娜姑妈家。”

说完这些话，全家人坐下来开始吃饭。然而，爸爸妈妈伤心得难以下咽了，就对大吃大嚼的女儿说：“虽然伤心，你们还照样吃饭。如果可怜的阿方斯能看见我们，他就会明白谁才是他真正的朋友。”

吃完饭，爸爸妈妈的眼泪止不住掉下来，捂着手帕放声大哭。

“让我们冷静，爸爸妈妈，”女儿说，“让我们冷静，坚强点，不要感情用事。哭也哭不活阿方斯了。当然喽，是你们把他塞进袋子里，用棍子打，又扔到河里，可是一想，这是为了我们大家好，为了让太阳重新照耀我们的庄稼地。理智一些。你们去河边的时候，可是那么决绝，那么开心！”

接下来这一天，爸爸妈妈很伤心，但是到了第二天早晨，天气晴朗，田野洒满阳光，他们就不怎么念叨猫了。后来几天，他们就更不提了。天气越来越炎热，地里活儿一忙，他们没工夫后悔。

至于小姐妹俩，她们不需要想念阿方斯。他几乎每天都和她们形影不离。孩子们的父母不在家的时候，他从早到晚在院子里等，只在吃饭的时候躲起来。

晚上，他就去她们房间找她们。

一天傍晚，孩子们的父母回到农场，公鸡走过来，对他们说：

“我不知道当讲不当讲，我似乎在院子里见过阿方斯。”

“公鸡是不是傻了？”他们嘟囔了一句，便走过去了。

可是第二天，公鸡又迎上来。

“可能阿方斯不在河底，”他说，“我敢发誓，今天下午我看见他和小姐妹俩玩了。”

“他和可怜的阿方斯在一起待久了，越来越傻了。”

孩子们的父母说着，仔细打量公鸡。他们开始小声合计，仍目不转睛地盯着他看。

“这只公鸡脑子不好使。”他们说，“不过，他长得真壮实。天天看见他，却没有觉察这一点，看来他也就这样了，也不用再喂了。”

第二天一大早，公鸡又要说阿方斯时，他被宰掉了，鲜血横流。他被放进砂锅里给炖上了，大家吃得津津有味。

阿方斯“死”后，有半个多月，天气一直晴朗，滴雨未下。父母说这天对庄稼好，但又担心：

“这样的晴天也不能持续太久，会旱的。下一场透雨就好了。”

到了第二十三天，还没有下雨。土地干旱，寸草不生。小麦、燕麦、黑麦都不长了，开始枯萎、变黄。“照这样子，再有一星期，”爸爸妈妈说，“庄稼就全烤焦了。”他们愁眉不展，高声哀叹阿方斯死了，并说都是两个女儿的事。“如果你们不把瓷盘打碎，那猫就不会有事，他就会在这儿给我们求来雨了。”晚上，他们吃过饭坐到院子里，望着没有一丝云彩的夜空，绝望地拍着双手，呼唤阿方斯。

一天早晨，爸爸妈妈到房间来叫醒小姐妹。昨天晚上，猫跟她们俩聊到下半夜，没走，就在马里内特的床上睡了。他听见开门声，急忙钻进被子里。

“到点了，”爸爸妈妈说，“该醒醒了。太阳出来了，今天又没有雨……唉！这可怎么办……”

他们突然怔住了，伸长脖子，睁大眼睛，看着马里内特的床。阿方斯以为藏好了，却没想到尾巴露出来了。德尔菲娜和马里内特还在睡着，她们缩在被子里，只露着头。父母蹑手蹑脚走近，四只手上去拽住了猫尾巴，一下子把他提溜了起来。

“啊！这不是阿方斯嘛！”

“是我，是我，快松开手，真疼。放下来我再解释。”

父母把猫放到床上。德尔菲娜和马里内特只好交代了要淹死猫的那天发生的事。

“这也是为你们好。”德尔菲娜强调说，“免得你们淹死一只无辜的猫。”

“可是，你们却没有听我们的话。”爸爸妈妈责怪她们说，“答应的事就得办。你们去梅利娜姑妈家吧。”

“啊？是这样吗？”猫一下子跳到窗台上，大声问道，“那好哇，我也去！我先去。”

孩子们的父母意识到自己说错了话，便求阿方斯留在农场里，因为这关系到未来收成的好坏。可是，猫说什么也不想理他们。他们苦苦哀求了好久，又答应不让女儿离开农场，猫这才同意留下来。

当天傍晚，天气异常闷热。德尔菲娜、马里内特、爸爸妈妈以及农场的所有动物，在院子里围了一个大圆圈。阿方斯坐在中间的凳子上。他不慌不忙，开始洗脸，然后，又用爪子在耳朵根连挠了五十多下。第二天早晨，在旱了二十五天之后，终于下了一场好雨，人和动物心里都畅快多了。园子里、田地和草场上，草木庄稼都开始变绿了。过了一周，又发生一件大喜事。梅利娜姑妈突然想刮掉胡须了，所以后来很顺利地嫁了人，婚后，跟随丈夫到离小姐妹两千里之外的地方定居了。

03. 三只小猫

〔英〕塔比莎·格里马尔金

几百年以前，在仙女们的黄金时代，有一位年轻的公主，身居于一座宏伟的宫殿里。宫墙由洁白的大理石砌成，门是橘黄色的木门，窗框是金子打造的，室内的家具昂贵无比。公主的会客厅挂满了漂亮的挂毯，深红色的丝绸窗帘上面织就了各式图案，满是金花，镜子从地板一直装到天花板，椅子上镶嵌着珍贵的宝石。公主有二百零四件华贵的礼服，有的是金线织的，有的是银线织的。除了礼服，她的衣服还有好多，都不相上下，她每天都换着穿。

但我要讲的故事和公主关系不大，而和她的

两只猫有关：一只是老一点的，叫格鲁姆达尔金；另一只活泼好动，年龄小一点，她的名字是弗里斯卡琳娜。格鲁姆达尔金，也不知是弗里斯卡琳娜哪门子亲戚，姑且称她二表姐，年龄大她几岁。说实话，弗里斯卡琳娜并不很喜欢她。然而，考虑到她的年龄和她俩之间的关系，弗里斯卡琳娜还是对她彬彬有礼，尊敬有加。她们俩长相、性格迥然不同，根本不像一家人。格鲁姆达尔金浑身乌黑发亮，长着一双异常乖戾的绿色的大眼睛，似乎总是在警惕着，观察哪些东西不对劲。她体态臃肿，在房间里走几步对她来说都是件麻烦事。弗里斯卡琳

娜满身斑纹，也很丰满，毛如丝般光滑，在猫的王国里，没有比她性格更活泼的了。她在公主的会客厅里纵身跃上脚凳，煞是可爱。她还有一个大大的愿望，就是像她坐在火炉前一样，骑到表姐那宽宽的背上。但她知道，自己永远做不到，因此她很小心谨慎，平时只是从家具跳上跳下。而格鲁姆达尔金，一直在假寐，用一只眼偷瞧着她，哪怕她有一点点动静都会尽收眼底。她心里巴不得弗里斯卡琳娜倒霉，把公主桌底下的旧瓷罐打翻。

那是一个寒冷的冬夜——非常寒冷——仆人已经把客厅里厚厚的深红色窗帘拉上了，火炉子也修好了，干柴堆得老高，火烧得很旺，不时发出噼里啪啦的响声。蜡烛点上了，格鲁姆达尔金的天鹅绒垫子在火炉前也已铺好，她慢慢地向它爬去，伸个长长的懒腰，慢慢消化刚进肚的一个煮熟的鸡翅膀。公主正躺在火边的沙发上，看样子睡着了，但实际上还没有。她看见格鲁姆达尔金已经非常舒适地躺在她的垫子上，而弗里斯卡琳娜，这会儿比平时老实得多，正高耸着双肩坐在那儿，很有老猫的样子，那双明亮的眼睛直直地盯着火光。

你要知道，公主有一个上了年纪的姑姑，当然也是个仙女。她赋予她侄女知悉兽语的能力。这一能力大有用处，公主往往从中得到巨大乐趣。这会儿，她吃完晚饭后躺在沙发上，这时候听格鲁姆达尔金和弗里斯卡琳娜谈话是非常好的消遣。

可一大会子俩人啥也没说。最后，格鲁姆达尔金打了一个长长的哈欠，气冲冲地用尾巴拍打着垫子，说：

“真的，弗里斯卡琳娜，你今晚真是愚蠢。我想睡觉吧，你又吵又闹。现在呢，我想认真和你谈谈，你又端坐在那儿，像只老熊一样，闷闷不乐。”

弗里斯卡琳娜习惯了她二表姐在一旁的礼貌观察，她非常平静地回答道：“我认为你一直想打个盹，所以没打扰你。”

“嗯，我很佩服你！你现在一下子变得善解人意了。我想，弗里斯卡琳娜小姐，你一直喜欢搞恶作剧，这就是你为什么能如此安静地坐在那里的原因。早上仆人满屋子找你，我想知道你的下落。公主想见你，但谁也找不到你。是啊，人的口味真怪！我本以为她会找到一个稳重、优雅，像我一样懂得皇家规矩，见过世面的猫，比起你这么个荒唐可笑、头脑简单的东西来舒心多了。我要说，你跳来跳去，经常是弄得我紧张兮兮！但公主从未派人找过我，我当然也不跑过去见她。这个世界和我年轻时的情况迥然不同——确实很不一样！”格鲁姆达尔金嘴里发出奇怪的咕哝声，她蜷缩着，躲在一边，仿佛对世界的邪恶感到绝望似的。

弗里斯卡琳娜认为她没太多可抱怨的，但她没敢说出来。于是，她好声好气地回答：“很抱歉，格鲁姆达尔金表姐，公主叫我时我出去了，但我确实没恶搞。看到那些稀奇古怪的事，回来后，我就一直不开心。”

“哼！”格鲁姆达尔金说道，“你还想看到啥好东西？”

“哎呀，”弗里斯卡琳娜回答，“我今天早上特别讨厌宫殿的花园，我对它一草一木了如指掌。我绕着石子路走了九圈，正走第十圈时，非常幸运，我看到花匠没关大门，于是我想，不妨借机去看看门外的世界。我便探出头，看到外面的路也不知叫啥名字，到处都是奇形怪状的东西，叫啥我也说不上来。我想里面住着人，因为我看到有些人拐进去了。那地方一点也不像公主住的宫殿。我相信，如果高个子仆人格兰马尼西科洛夫斯基进到里面，永远不会在那里任何一个地方能直起腰来，里面太暗了，太脏了！”

“你一定进去了看了看吧？”格鲁姆达尔金大声说，“妹妹，人们叫它村舍。”

“好，我讲给你听。”弗里斯卡琳娜接着说，“我正在花园门外四处张望，也不敢再往外迈步，这时我看到一只猫从你们所说的一个村舍里走出来。哦，格鲁姆达尔金，看到她真的会使你心痛。我不知道世界上还有这样的猫。真吓人，瘦得吓人，瘦得你都能数得出几根肋骨来。她浑身脏兮兮的，仿佛一直生活在煤窑里。她是爬出门来的，好像连走路的力气都没有了。看她尾巴，干瘦干瘦

的，让我不寒而栗。我忍不住走上前，问她怎么了。”

“什么？”格鲁姆达尔金打断她的话，坐了起来，两眼放光，胡须直竖，“你的意思是说，你，我们这个尊贵、出类拔萃的家庭，猫城最古老的家族之一的一个子孙，就这样辱没自己，与一个肮脏的、乞丐般的，从一个小破屋里爬出来的坏蛋说话？弗里斯卡琳娜，为了猫的荣誉，我对你的所作所为感到羞愧。”

“我当然和她交谈。”弗里斯卡琳娜鼓起勇气说，“我问她住在哪里，为什么又瘦又脏。”

“我就不明白，你怎么会接近她？”格鲁姆达尔金问道。

“你要知道，就是会不由自主。”弗里斯卡琳娜说，“她那可怜样，真让人看不下去！我问她怎么这么瘦，她不由得眼泪盈眶，说，哪有吃的啊。我问她，她的主人有没有给她奶油吃。你相信吗？她居然问奶油是什么东西！”

“唉，你这个头脑简单的孩子。”格鲁姆达尔金说，“你说小破屋里的猫尝过这种东西吗？如果他们能喝到一滴脱脂牛奶，就认为自己是幸运儿了。”（有些人对此表示怀疑，但这仅限于我们之间，格鲁姆达尔金虽然吹嘘她从来没迈出过宫殿花园的大门一步，但知道这么多有关身处困境的猫的种种不幸，虽然她不说——据说，她父亲就是和不如他家境好的姑娘结的婚。）

“我相信，”弗里斯卡琳娜继续说，“那只可怜的猫见都没见过脱脂牛奶，因为她告诉我，她的主人连自己都吃不饱，她也很少给她吃的。她赖以果腹的只是偶然间抓到的老鼠，或者夜晚在地上找到的黑甲虫。渴了，她就去路边的排水沟舔舔泥水。可以想象，她过的是什么日子。我从没想到，这世界上竟然还有过这么穷的猫。一想起她，我今天的晚饭就吃不下去。想想自己有这么多好东西，早餐有一碟子一碟子的奶油，睡觉有软软的床垫，再想想那可怜的猫咪，近在咫尺，捉那么恶心的黑甲虫吃，喝脏兮兮的排水沟的水。一想起这些，我心里就悲伤难过。”

“弗里斯卡琳娜，”格鲁姆达尔金从她的天鹅绒垫子上站起来，带着威严，带着优雅，尾巴往后一甩一缠——“弗里斯卡琳娜，如果你愿意的话，我们就不要再浪费时间谈话了！我认为你今天早上的行为，以及你现在的话，完全有损于猫的尊严。记住你背后的显赫家庭，你有幸进入公主之家——所以，求求你，别让我再听到你与村里粗俗的野猫混在一起，那将是皇宫的耻辱！”

弗里斯卡琳娜耸耸肩，低声说道：“我为生活不幸的猫感到难过，并不觉得丢人。”格鲁姆达尔金没说话，她似乎被一种强烈的清洁欲所控制，开始使劲舔舐、清理她的右爪。

恰在其时，格兰马尼西科洛夫斯基进来了，还有三四个仆人在为公主的晚餐忙碌，她们的谈话不得不结束。他们把一个公主亲手雕刻的金盘子放到天鹅绒垫子上，上面盛了一些精致的饭食，格鲁姆达尔金吃了个精光。

晚餐结束后，两个贴身女仆把这两只猫抱到衬有黄绸子的摇篮里，在那里过夜。床是那么舒适、柔软、暖和，人只要看上一眼，就会有进去睡觉的冲动。然而，弗里斯卡琳娜整整一刻钟都在醒着，小脑袋瓜里反复考虑一个计划，如有可能，她打算第二天就付诸实施。

格鲁姆达尔金一会儿就睡着了。公主在干什么？她躺在她豪华的床上，思考着，看着窗边上火苗的影子一跳一跳的，她的床真是漂亮——太漂亮了！它是银子做的，呈鹦鹉螺壳的形状。绸子围帘是淡蓝色的，绣有银花，你从来就没见过这样的床！火光映在室内物体上，欢快地跳跃着，公主出神地望着，越看想得就越多，越想就越发不开心，但她在想什么，恕我无可奉告，也许不久我们会猜到。她最后想着想着就睡着了。

夜里下了一场大雪。公主下楼吃早饭时，见草地上覆盖着厚厚的一层洁白晶莹的雪，树上满是积雪，压得树枝微微颤动。花园里的灌木看起来就像童话世界里的琼树。几公里外的远处，连绵的皑皑雪山静静地卧在那里，山上松林迎风乱舞。天气异常寒冷。

弗里斯卡琳娜最喜欢在雪地里玩耍了。她吃完早饭，在火炉旁暖暖身子，就一下子冲到花园里，东奔西跑，高兴地在雪地上留下一串串脚印，踏在打着旋儿从月桂树落下来的叶子上。还从来没见过小猫这么快乐过！突然，她想到了她——那只可怜的住在寒舍里的猫——她也喜欢雪吗？弗里斯卡琳娜很想知道她是不是也出来赏雪，也许她还是打算整天守在火炉旁吧。弗里斯卡琳娜慢慢记起她前一天晚上睡觉时脑子里的计划。

于是，她沿着草坪跑向花园大门，希望门再次打开。唉！坏脾气的花匠已经把它锁上了。然而，这难不倒弗里斯卡琳娜。天生聪慧的猫从来就不缺办法。她转过脸，眼睛盯着墙上厚厚的常春藤。她在想，如果她顺着藤条翻墙而过，格鲁姆达尔金表姐是否会发现她。再一想，早上这么冷，格鲁姆达尔金肯定会守在炉边，鼻子紧紧贴着炉壁，一点也不关心外面的世界。

因此，弗里斯卡琳娜纵身一跃，身子已在藤条半拉了，她每往上爬一步，藤条上就会落下一片积雪。最后，她爬上了墙头，从上往下看，挺害怕，墙外也没有藤条让她可以顺着爬下去。

她坐下来，四下看了看。小屋看起来比前一天更惨了——屋顶上堆满了厚厚的积雪，烟囱里没冒烟——似乎没有人住过。没有什么比这更荒凉的了。

突然，门开了，一位老奶奶走了出来，后面跟着弗里斯卡琳娜的新朋友——那只不幸的猫。弗里斯卡琳娜以前从来没见过这位老奶奶，也没想到过。她一点也不像公主的家庭教师邓伯林达夫人。邓伯林达是弗里斯卡琳娜唯一见过的老太太。她身子很胖，脸色红润，头发梳得精光，向后盘起来，头发从来没乱过。除了异常精美的天鹅绒礼服，她还有很多漂亮衣服。但是，从小屋里走出来的这个老奶奶，瘦骨嶙峋，浑身似无一点肉，头发都白了，风从她的帽檐下钻了进来。她身披一件破灰色斗篷，用一只手把斗篷拉了拉，裹在身上，但风从斗篷破洞里吹进来，还不如没有斗篷暖和呢。她是出来拾干柴火的。山上刮来的大风吹断了树上的小树枝，散落一地。那位可怜的老奶奶拾起几根树枝来，头摇摇晃晃的，在寒风中瑟瑟发抖。她转身进入屋内，顺手带上了门，把猫关在了门外。那只可怜的猫很快瞧见墙头上她的朋友，前天她还不摆架子，给她说话呢。她恭恭敬敬、低声下气给她打招呼。

弗里斯卡琳娜屈身还礼，想都没想，从墙上跳了下来。

还好，算她幸运，底下有一张厚厚的雪床，虽是软着陆，但她还是打了几个滚。还好，没什么事。她跑到新朋友跟前，先谈天气，说了句“雪后清晨真好啊”，便问她的名字。

“夫人，我的主人叫我蒂布。”可怜的小猫冻得哆哆嗦嗦地说。

“我不知道今天早上是不是该看你，”弗里斯卡琳娜接着说道，“我还以为你会整天坐在火炉旁烤火，天气太冷了。”

“亲爱的夫人，我们没有炉火！”可怜的蒂布大声说，“我的主人只有做晚饭时才会生火。”

“那你怎么取暖呢？”弗里斯卡琳娜吃惊地问。

“拜托，夫人，我身子从来就没暖和过。”可怜的蒂布说，声音很沉闷。弗里斯卡琳娜难受得要哭了，“你说她从来都不给你吃晚餐？”

“夫人，给也很少。”

“那她一定很狠心，”弗里斯卡琳娜惊呼，“不用说，别的更做不到了！”

“她能做什么呢？”蒂布说，“她和她女儿还吃不饱，更不可能给我吃什么了。如果夫人您愿意，请这边走，从门缝里看看，您会看到我的主人是如何生活的。说着，蒂布带她走到小屋前，弗里斯卡琳娜到门下一个宽门缝前蹲下来，看到了屋内，直到那一刻，她才对这个小屋有了认识。

“你从小到大都住在这儿吗？”她退了几步，带着真诚，急切地问。

“我还能去哪里，我的夫人。”那只猫可怜兮兮地答道，“这比躺在马路上好多了。”

“你真的没吃过一顿丰盛的晚餐吗？多么令人震惊啊！听我说，蒂布，你想想，你能翻过那堵墙吗？”

“我只能试试。”蒂布说，她隐隐约约感觉到她的新朋友打算为她做点什么。“然后，”弗里斯卡琳娜继续说，“跟着我，藏到花园的树后面，别出声，我每天都会送来我的晚餐给你吃。”

弗里斯卡琳娜如此慷慨，蒂布眼前一亮，以前她可从来没有遇到过这样的事情。她跑到墙下，踏着墙上这里一块那里一块的石头，很快爬上了墙头。她转过身来，看着弗里斯卡琳娜也爬了上来。她俩顺着藤条爬下去，也就是一眨眼的工夫，两只猫很快藏在墙下低矮的常青灌木丛中。

“待在这儿，别出声，”弗里斯卡琳娜说，“到时候我来叫你。”说着，她从雪地里飞快地向宫殿跑去。公主客厅的门不常关着，弗里斯卡琳娜轻轻推开门，小心翼翼地往里看。

不出所料，格鲁姆达尔金坐在炉火附近的高凳子上，看起来比以前更结实了，她的背好宽！此时此刻，她无论如何也谈不上什么心情了。当弗里斯卡琳娜朝火炉走来时，她眼睛眯成一条缝，用非常沙哑的声音问她，去哪儿了，怎么这么久才回来。

“我直说了吧，”弗里斯卡琳娜回答，“不过我得先暖和暖和，我的下巴快冻僵了。”

“就该冻你！”格鲁姆达尔金说道，“你不老老实实待在屋子里烤火，谁让你去雪地里撒野了？自己做事自己当。”

不知为何，弗里斯卡琳娜心情很好，她高兴地回答，她已经做好了承担一切后果的准备，跑出去至少会有一些好结果。“只是，我看到了一些令人伤心的事。”

“板上钉钉的事，”格鲁姆达尔金大吼道，“一准你又和那个废物、可怜虫说话了。我真想不通，弗里斯卡琳娜！”

“我亲爱的表姐，”弗里斯卡琳娜非常平静地说，“先听我说，我们再讨论这件事吧。如果你今天早上和我在一起，我相信你也会和我一样。”

“哦，”格鲁姆达尔金喃喃地说，“我可不敢确定。你说吧，我想，只要你没啥事，我们才能安生。”

弗里斯卡琳娜想反驳她，话到嘴边又咽下，接着讲了她的经历：“我确实见过那只可怜的猫和她待的小屋。格鲁姆达尔金，是这么个地方，是你从来没有见过的。炉膛里一点火星都没有。在墙角干草堆里躺着一个女人，身上盖着一块破毛毯。她一点也不像公主，也不像公主的女仆，因为她脸庞瘦削、苍白，手干巴巴的，瘦得吓人——就像那只可怜的猫，瘦骨嶙峋。那位老妇人，我是说猫的主人，弓着腰，用一个破杯子给她拿点东西吃。可怜的老人！猫看着她，有气无力地叫了两声，叫得我心里难受。”

“哦，”格鲁姆达尔金打断了她，“这和我们有啥关系？把别人搞得无情无绪，你才高兴，好像这一天还不够烦人。当然，有人会为别人的事情感到难过，但你插手管这事，能有什么好，我想知道。你为他们做不了任何事。你为什么还蹚这浑水？如果你是公主，你也许会去帮别人——但你只是一只猫，你能做什么？这不是你该管的事。”

“你说得太对了，”弗里斯卡琳娜叹了口气，“我确实帮不了老太太，也帮不了她生病的女儿，但是，如果你同意，表姐，我可以为那只可怜的猫做点什么，这总比袖手旁观强。如果一个人做不了自己想做的事，至少应该做他能做的。现在，我亲爱的好表姐格鲁姆达尔金，我希望你能帮帮我，如果你愿意。”

“嗯，那现在要我怎么做？”格鲁姆达尔金嘟囔道。

“好，你知道，他们总是把晚饭放到月桂树后面的草地上。你也知道，他们总是多给点。确实，多给总是好的。你还记得吗，去年秋天你生病时，医生说你吃饭应该吃得简单些。是我们的，他们永远拿不走，所以，这些都是我们该得的。我想，你会发善心，留下一两块你确实不想吃的骨头，我会这样做的，可怜的……”

格鲁姆达尔金又惊又气，说不出话来，但现在，她又要发作了，她勃然大怒，声称她一块骨头也不留——不！她不会的。她没有责任把一群猫贼带到家里来——即便是，对她来说，这是小事一桩。弗里斯卡琳娜心想，要是公主会怎么说？

弗里斯卡琳娜会恭敬地回答，肯定不是偷盗行为，因为晚餐都是她们自己的，如果吃不了，只会扔在草地上，任其发霉变质。她认为公主肯定不反对她们匀出一部分吃的，去消除可怜的猫的饥饿感。但是这些及其他诸如此类的争论都浪费在了自私的格鲁姆达尔金身上。她一骨碌从凳子上跳下来，背对着弗里斯卡琳娜，往地上一滚，把自己滚

成一个大黑球，一动不动就好像睡着了，但睡着后该烦的还是烦。就是公主发话，她心情也不会好。她听到公主躺在沙发上，极尽温柔地喊弗里斯卡琳娜："亲爱的，好，亲爱的小弗里斯卡琳娜。"

格鲁姆达尔金想："真是怪事，她怎么从不找我。"

与此同时，弗里斯卡琳娜跳到她的主人跟前，公主深情地抚摸她，吻她，弗里斯卡琳娜不觉脸上满是泪痕。

"公主那里能有什么问题？我相信她不会拦着，我希望她能见到村舍里那可怜的女人！"她想。

一点了，宫殿的钟响了，猫总是在那个点下楼吃饭，公主在吃午餐。那是一个盛大的午餐会，因为那天正好是公主的生日，她的三个表妹都来参加，她们要吃一个大个的李子布丁——很大很大。还有糖做的大象和城堡，上面都镀了金。但不知何故，公主坐下来吃饭时，她有些闷闷不乐，尽管是她的生日，尽管她的三个表妹都来了，还有大大的布丁。

“公主殿下，”仆人格兰马尼西科洛夫斯基说，“我是不是应该把猫的饭放在大厅里？今天花园里的雪太深了。”

“不，不，胡说！”公主说着，把松鸡胸脯撕下，“把这个放到花园老地方，把鸡翅膀、鸡腿也放到盘子里。”

当格鲁姆达尔金走到菜盘前时，她看到了鸡翅膀，两眼放光，真想一口吞了它！她实在忙不过来了，几分钟前，她才发现弗里斯卡琳娜已经轻轻地把一个上面还有些配料的羊骨头衔到附近树林里某个地方，然后又悄悄回来了。她晚餐只吃了个鸡腿，还故意慢吞吞地吃，就好像永远吃不完似的。除两大块凉的烤牛肉，还有个鸡腿、两三块其他好吃的没吃。格鲁姆达尔金还差一口就把鸡翅吃完了，她又打鸡腿的主意，这时，她大吃一惊，门开了，公主出来了，后面跟着一位女仆和格兰马尼西科洛夫斯基。女士们穿着毛皮斗篷，女仆手里好像提着个篮子。可怜的饥肠辘辘的格鲁姆达尔金！她大吃一惊，怔住了，她的爪子停在鸡腿上方，看看公主会怎么做。

公主走到猫咪就餐的地方停了下来，她命令仆人把格鲁姆达尔金带回家。“那只猫那样大吃二喝，会中风的。”她说，“我从来没有见过这样的馋猫！”

用什么词可以形容格鲁姆达尔金的惊讶和愤怒呢？有人说，她故意把她的背拱起来，对公主发出嘘声，我将信将疑。然而，不管她有没有那样，都没啥关系。格兰马尼西科洛夫斯基把她抱起来，进屋了，他惹了麻烦，没少被猫抓挠。公主和女仆走过去，从花园大门出去了。

对弗里斯卡琳娜来说，这是个绝佳的机会！她跑到灌木丛后，见蒂布正在啃骨头，她把全身的劲都用上了，还告诉她都能吃光。弗里斯卡琳娜坐在一旁，满面笑容看着她，虽然她吃的算不上什么大餐。可怜的小蒂布！她高兴得不知道从哪里下口吃了！她最后还是吃完了。她走到弗里斯卡琳娜跟前，说弗里斯卡琳娜是她唯一的好朋友，把她从饥饿中拯救出来。她非常动情，说了很多。弗里斯卡琳娜打断了她，让她立即回家，不然花匠会发现她，把她吊在苹果树上。虽然她的行为对可怜的蒂布来说有点不礼貌，蒂布还是不失时机地听从朋友的建议，三下两下，爬到墙上，踏上了回家的路。

现在，弗里斯卡琳娜内心有个很强烈的念头，那就是，最好在当天下午尽可能避开格鲁姆达尔金，她可敬的亲戚现在很有可能正在发着尚能容忍的脾气。所以，尽管外面很冷，也要等到天色晚些，快到下午茶时间，弗里斯卡琳娜才会鼓起勇气回家。她跑来跑去，在雪地里踩出一串串脚印，要

着玩着。风吹得树枝乱摆，她就追着摆弄树枝玩，等等。一直玩到天黑，她肚子饿了。这让她想起她的新朋友，她美滋滋地想，可怜的蒂布肯定不像以前那样饿了，然后又想公主会去哪里，她是否会到小屋里看那可怜的老妇人。弗里斯卡琳娜想，如果自己是公主，能够帮助那些处于困境中的人，该有多么好。我会做很多很多好事！她这样想着，倒在雪堆上休息。我会很小心，不浪费任何东西，为了宫殿四周吃不饱的猫，我会把所有的骨头都保存好。如果我是一个像公主一样了不起的人，我会做多少好事啊！就在这时，弗里斯卡琳娜的脑中闪出一个非常奇怪的想法，她开始回忆是否做了该做的所有好事。她突然想到，只是因为饭菜好，经常是吃饱了，不想吃了，结果又吃了很多。她还记得，有一两次，院子里的看家狗贝尔对她说，如果还有吃的，他该多么高兴啊。然而，非常奇怪，她从来就没想到吃饭时可以省给他一两根骨头，虽然自己还有很多。

独自惆怅的小弗里斯卡琳娜低下头，觉得相当惭愧，眼眶里满是眼泪。“可怜的贝尔！”她心里说，

“如果当初我醒悟得早一点，我就会经常帮助你了。怕是我太自私了！”

继而她又想，可怜的老格鲁姆达尔金此时肯定是在生闷气，如果不去照顾她，那就太不友好了。于是，她鼓起全身的勇气，跑上楼梯，发现公主刚进客厅，她随后就溜进去了。火烧得正旺。起初，弗里斯卡琳娜根本看不到她的表姐待在哪儿。火苗尽管很亮，但屋子很大，也没点蜡烛，所以离火远的地方光线还是很暗的。她四下里寻找，她无法想象老猫能在哪儿。最后，在最里面，她隐约觉得椅子后面有个黑乎乎的东西，便走过去，发现正是格鲁姆达尔金。她的眼睛闭着，头抬着，尾巴紧紧蜷在脚后头，她整个身子一动不动，除了尾巴不时使劲摇晃着。

弗里斯卡琳娜看到她显然没睡着，更加为她感到难过，她问她，坐在离火这么远的地方冷不冷。“夫人，别为我操心了。”一个客客气气的回答，“如果我选择坐在火边，我早就坐在那儿了。我想公主不会命令我出去！”说着，她发出奇怪的歇斯底里的笑声，弗里斯卡琳娜心想，她要号啕大

哭了。

“唉，”她亲切地说，“别不开心，我亲爱的格鲁姆达尔金！我相信公主不是故意对你不好，我确实认为她只是害怕你不注意，吃多了，多吃对你并不好。我很肯定，她不喜欢不文明的举动。”

“你的意思是说，”格鲁姆达尔金尖叫道，“在我有生之年，要听任像公主这样的年轻人摆布，不能随我的意愿吃顿饭？不，我不会屈服于这些！我不会忍受这种侮辱的！当我离开时，公主会明白，是她错了。”

“但是，”弗里斯卡琳娜柔声细语地说，“你能做什么？”

“做！”格鲁姆达尔金说，使劲把她的爪子捶在脚凳上，“做！噢，我为什么不能离开这儿？你认为我还会在这儿再待下去，是吗？我会另寻他路——像我这样的猫用不着去乞讨。”

弗里斯卡琳娜听到她这个仓促的决定，惊得有一两分钟说不出话来。最后，她悄悄地问，格鲁姆达尔金打算什么时候离开宫殿。

“明天，明天一定离开。”格鲁姆达尔金回答道，“也许我会一直待到晚饭后，刚买来一篮子鱼，我身子弱，对付不了它们，得忙活一大早上，着实累。这对我来说将是一个极大的考验——大考验。”格鲁姆达尔金的爪子在她自己眼上捂了一会儿，弗里斯卡琳娜敢断定，当她把爪子放下时，并没有流泪。

“我非常关心你，”她说，“我劝你不要想着离开，你会在大雪中迷路，我相信你不愿在任何小屋里避难，想想那里条件多简陋！你会怎么样？你会在树林里迷路，成为野兽的猎物。希望你多考虑考虑。”

格鲁姆达尔金沉默了几分钟，似乎陷入了可怕的冥想之中。“嗯，”她语气最后缓和下来了，“我毫不怀疑，你会非常想念我。你，特别是你，弗里斯卡琳娜，你是如此年轻、马虎，很少能够照顾自己。我不想做任何对不起你的事——”

就在那一刻，格兰马尼西科洛夫斯基正与公主共进晚餐。公主喊了几声：“猫咪！猫咪！”弗里斯卡琳娜不得不现身，她很饿了。她很快就舔完了一碟子主人屈尊为她倒出来的奶油，她比平时更懂得感恩了，然后上床睡觉，想着她也许会留在宫殿。她整夜梦见自己在森林里被狼在后面追，不得已，跑到一间小破屋里避难。在那里，除了一点发霉的奶酪，除了一滴泥水，她什么也吃不着，喝不着。

小弗里斯卡琳娜还梦见了什么？我不能告诉你。但是，她早上醒来时，她首先想到的是可怜的蒂布，还有她晚上要睡冰冷的床铺——与她自己的床是多么的不同，床上还有漂亮的软乎乎的暖暖的床垫子。

今天早上格鲁姆达尔金起床比平时晚，起来后还像昨晚睡觉时，怒气冲冲，但没再提要走的事。弗里斯卡琳娜刻意在早餐时处处显示对她的关怀。给了她最大一份奶油，自己坐在了炉边进风的一面，总之，尽其所能去表明自己渴望对她友好，对她有礼貌。但她所有的小礼貌似乎对格鲁姆达尔金不起作用。

她一上午都在火炉边弓着腰坐着，她的肩膀靠近耳朵，两眼放光，如果走近她，就会看到她特别凶的样子。

公主坐在客厅里，看起来心事重重，很伤心，后悔那天早上在客厅做了件很愚蠢的事。

弗里斯卡琳娜受不了这些，便来到花园。她跑进院子，与看家狗贝尔说了一会儿话，从贝尔口里听到了些消息。此外，她想了解贝尔现在的生活如何，他现在是否能吃饱。又聊了一会儿天气，探讨了狼从山上下来的可能性等等之后，她还小心翼翼地去调查他的财产状况，譬如骨头之类的东西。她非常满意地了解到，自从新厨师上任以来，贝尔一直养尊处优。好啊，弗里斯卡琳娜想，这真是一件好事。我可以把我所有吃不了的东西都给可怜的蒂布留着！进一步谈论了国家事务之后，两个朋友道别。贝尔可是一位伟大的政治家，他每周三次阅读

《犬族卫报》，对狩猎法非常内行，侃侃而谈。贝尔回到狗窝里睡觉，弗里斯卡琳娜则溜进花园，等着蒂布从墙上跳下来。

宫殿的巨钟敲响时，蒂布的耳朵准时在常春藤上面的叶子后露出来，一秒钟后，她站在她的恩人身边，看上去比她一开始的痛苦要少很多。看到她，弗里斯卡琳娜非常高兴。

院子的大门开了，走出来一个仆人，端着一大盘鸡骨头、肉片、鱼片等好吃的东西，格鲁姆达尔金夫人在后面紧紧跟着，她大叫了一声，人们会认为她还没吃早餐呢。

蒂布，幸运的是，被低矮的灌木丛挡住了。

不然，我可不敢保证格鲁姆达尔金不会跑过来抢她的。格鲁姆达尔金正低头吃饭，恰巧抬头看了看，看到盘子里有个好看的凉鸡爪，非常担心弗里斯卡琳娜可能会打它的主意。她一把抓在手里，囫囵个儿吞下了一大块，结果，骨头卡在喉咙里，抠不出来，也咽不下去。她咳嗽几声，喘着粗气，骨头还是卡在那里，她继续咳嗽，咳嗽得很厉害，但骨头还是一动不动。弗里斯卡琳娜站在不远处，非常惊慌，就跑过来，使劲拍打着她的背。但没有用，她四脚乱踢，样子很吓人。呻吟着——她一下子站起身，痛苦地跑着，像个疯子，在草地上转了两圈，痛苦地叫着。最后，趴在那里，筋疲力尽，她胳膊腿一蹬，四肢僵硬，然后是可怕的呻吟声，断气了！

弗里斯卡琳娜极度恐惧，跑到灌木丛后面叫蒂布帮她，她起初并不知道格鲁姆达尔金真死了。她惊讶地发现，蒂布不见了，在她离开的地方，出现了一个衣着怪异的老太太。她身穿一件红丝裙，上面镶着金边，外面罩着灰色斗篷，头戴高高的帽子，手里拿着一根长长的乌木杖，顶上是一个形状怪异的银头。

“快过来，美丽的弗里斯卡琳娜！”老太太大声喊道。她弯下腰，拍了拍她的背，说：“你省下自己的晚餐给我，多好的小猫。”弗里斯卡琳娜睁大了眼睛，吃惊地看着她。当老仙姑（她是公主的姑姑）再次抚摸她，感谢她给自己的侄女好好上了一课时，她的吃惊依然没减多少。真让人捉摸不透！弗里斯卡琳娜想，她会是什么意思啊？

在此期间，公主一直看着窗外，看到她的姑姑，不禁暗暗吃惊，因为她很怕姑姑。她赶紧下楼去接她，想知道她来做啥。

“侄女！”老太太大声说道，“这么多天来，我想是你养的猫给你上了最好的一堂课。”

公主俯身去亲吻姑姑的手。“这是千真万确，亲爱的姑妈，”她回答说，“我希望这是一个教训，只要我活着，我会变得更好。我惭愧，这么长时间以来我对住在身边的穷人的艰难困苦麻木不仁，正如你所说，我的小猫就是一个榜样，她让我意识到我是多么地自私和冷酷。”

“很好，侄女，”仙女说，“你昨天参观了那个可怜的老太太的小屋，并带去了她想要的东西。”老妇人笑着说，“但你没想到，坐在门后面那可怜的猫是你的姑妈变的。要我说，你是幸运的，你在最后时刻意识到你的责任。我向你保证，昨晚应该是你在你宫殿里的最后一晚——对，应该是。”她越说越激动，使劲用乌木杖敲了敲地，直到脚步声再次响起。“我下次再来时，得让我发现一切有明显的变化！”说着，她挥舞了一下乌木杖，消失了。公主发现自己漂亮的衣服不见了，取而代之的是件普通的灰布长袍。

但是，当她走进宫殿时，她脸上的惊愕只能靠想象了！客厅所有富丽堂皇的东西都没了：窗户上厚厚的天鹅绒窗帘没有了，柔软舒适的椅子没有了，漂亮的装饰品没有了，她那美丽的银色鹦鹉螺壳，连同那淡蓝色的丝绸帘子，都不见了。在原处，放了一张普通的小床，旁边是棕色的家具。房间是如此简陋凄凉，公主说，在这里睡觉的话，她一夜也不会合眼。总之，所有她最喜欢的房间都弥漫着在她看来最为荒凉的气息。

公主虽然没有了所有奢华的生活必需品，但饭橱里还好有很多面包和肉，地下室里仍堆满了煤块和劈柴，她睡觉还有一张不错的床，她的房子与附近穷苦的老太太的小屋相比，简直就是一座宫殿。她费了好大周折才弄明白。可怜的公主！当她看着客厅时，她哭了起来。恰在此时，传来一个声音说："它们都被收走了，你要学会怜悯别人，不再自私自利！"她转过身，瞥见仙姑的红色皮大衣在大门口一闪，不见了。

当她完全明白后，她在房子里转了转，看看还剩下什么，她惊喜地发现，钱都还在，她下定决心，将来要让这些钱发挥不同的作用。

格鲁姆达尔金意外猝死，使得猫国几个显赫的家庭陷入哀悼中，但我没有听说过有谁为此特别伤心。"公主和弗里斯卡琳娜还住在宫殿里？"说不准。但你会听说，仙姑来访后没几天，一个阳光明媚的早晨，弗里斯卡琳娜独自坐在客厅窗边的椅子上，想着历历往事，突然，她看见一对乳白色鸽子从房前飞过，脖子上还套着银项圈，项圈上挂的似乎是一个白色的小盒子。他们把盒子轻轻地放在草坪上，然后飞走了。白色的盒子开始变，越变越高，越变越大，几分钟后，一座你没见过的最可爱的小屋矗立在眼前。它的墙是用贝壳做成的——里面有两个客厅，一个是冬天用的，朝南，装饰着暗红色的天鹅绒，另一个是夏天用的，挂着海绿色的丝绸。椅子和桌子是椴木的，杯子和碟子是上好的瓷，窗户上还有水晶花盆，盆里长满了红玫瑰和深谷中的百合花，门上的金字闪闪发光。

04. 不满足的猫

〔英〕塔比莎·格里马尔金

从前，我也说不上具体是什么时候，在一片古老森林的边缘上，孤零零立着一间干净、整洁的小木屋，里面住着一位老奶奶。她的生活虽说算不上富裕，但还算不错，养了几只山羊，每天有奶喝；养着几只鸡，每天早上有蛋吃。她还开辟了一个小菜园，里面有萝卜、白菜等蔬菜，还有醋栗树和苹果树。山羊在菜园外的草地上啃着草，鸡呢，到处跑，逮着什么吃什么。小屋坐北朝南，屋两边和屋后古木参天，挡住了三面来袭的寒风，所以屋内温暖舒适。森林里不缺生火做饭用的干树枝和木材，烧火不成问题。总之，日子得一天天过，她会想方设法把生活过得滋润一些。

和老奶奶平时做伴的只有一只灰猫。现在，这只猫已步入中年，和人一样，到了该反思的年龄。她经常坐在炉前，回忆往事。她在想什么？那就说来话长了。在离老奶奶的小屋几里路远的地方，在森林那边，有一座宏伟的城堡，城堡的主人是一位极具权威的伯爵。每当夏日清晨太阳升起后，老奶奶吃罢早饭，便坐在门口纺线，小猫则趴在那里打盹。这时，森林里会突然响起狩猎的号角声，一群人骑着马又喊又叫。有说有笑的淑女和身着盛装的绅士放鹰逐犬，一下子冲过来，后面跟着的是衣着同样华丽的仆人。伯爵喜欢打猎，整日过着声色犬马的生活，浪迹在森林里。

正巧，小屋后面一棵高大的乔木上，住着一只喜鹊。她可不是一只普普通通的喜鹊，她是见过大世面的。正像她逢人便说的那样，在她生命中的某段时间内，她曾在某位冯·鲁斯滕斯滕森特斯滕肯滕肯滕贝格伯爵夫人手下做事。至于后来为何离开这个显赫之家，她却三缄其口。据不厚道的人透露，有这么一个令人尴尬的故事：伯爵夫人的钻石项链丢了，后来是大清早在一个树洞里找到的，喜鹊因而背负耻辱，被扫地出门。

事情真相如何，不得而知。我能肯定的是，早在我们的故事开始之前，喜鹊在老奶奶小屋后面的一棵大橡树上，搭了一个窝。由于善长交际，天生健谈，她很快与猫打得火热，她们之间建立了世界上最伟大的友谊。因此，就像我刚才说的，伯爵盛大的狩猎队伍席卷过去，给了喜鹊一个展示她对生活和社会有深刻认识的好机会。有时，她也会喋喋不休地述说她与伯爵夫人一起生活时所享受的荣光和幸福，直到猫听得毛发直竖——那是多么宏伟的宫殿啊，肯定和老奶奶的小屋差别很大！

喜鹊的话深深刺激着猫，尤其是当她描述伯爵夫人的那只猫的生活如何精致，吃的鸡块如何美味可口，早餐吃的黄油酥饼多么香甜可口，睡的床垫子如何温暖舒适，及其他种种享受时，更是搅得猫心神不宁。喜鹊说的所有这一切，都深深地刻在我们这位寒酸朋友的脑海里。她坐在火炉旁，整天思考着，想象着。而那位好心的老奶奶，她的主人，仍在不停地纺着毛线，纺好后拿到附近的城镇去卖，再买来吃的穿的。

猫与喜鹊交流越多，她对自己目前的生活就越不满意。发展到最后，我不无伤心地看到，一天早上，老奶奶把羊奶泡棕色面包的早餐端给她时，她开始对此不屑一顾，对在这小木屋非常舒适的生活没了应有的感激之情。虽然，每天早餐、晚餐她都有面包吃，有牛奶喝。除此之外，她还经常逮个老鼠，更不用说偶尔还抓个无家可归的知更鸟或麻雀了。但是，喜鹊的高谈阔论让她魂不守舍，她幻想着像伯爵夫人的猫一样，大口大口吃烤鸡块，早餐吃黄油酥饼，还可以睡在精美的床垫子上。毫无疑问，凭空想象这些非常愚蠢。她所不知的是，在其他千千万万只猫眼里，她现在的生活已经很奢华了。对生活不满是一件糟糕的事情，它会让人心生不切实际的想法，并做出一连串的蠢事。

一天晚上，月朗星稀，喜鹊站在一根橡树枝上。那只猫待在小屋里实在无聊，又出来找喜鹊闲聊。

“晚上好！”喜鹊一见面就嘎嘎问好，“请到这儿来，咱们谈谈正事。”猫听到喜鹊的话就上了树，坐到比她稍低一点儿的一根树枝上。

“你今天怎么没精打采的？”喜鹊开腔了，低头仔细打量她的朋友，“看你好像身体不舒服。也难怪，你晚餐吃的那只老麻雀，肉一定和皮子一样难嚼，这会儿闹病了吧！吃饭要多注意，多捉些肉香味美的小老鼠吃。”

“谢谢你，”猫强打起精神说道，“我非常好。”

“那么，我亲爱的朋友，在这世界上，什么事惹得你心烦？”

“我不知道，”猫答道，“但我要说，我厌倦了这里的一切。”

“啊！”喜鹊大声说，“我知道你过的是什么日子——猫咪朋友，我同情你。整天住在那小屋里会百无聊赖的。你比不上我，我比你强多了！我实话对你说，我可以整天回忆我生活在宏伟宫殿时所见过的美好事物，一想到那些我就心欢喜。”

“就是，就是，”猫接着说，“咱俩差别太大了！看看我，住在这个小破洞里，再想想你说的伯爵夫人的猫的生活。想起她那黄油面包，我就咽不下我早餐的面包片了——亲爱的！亲爱的！生在宫殿，真是幸福！”

“确实，”喜鹊接着说，“你说得很有道理，有时想到离开伯爵夫人，我也有点后悔，可自由魅力无穷——能够随心所欲，想飞哪里就飞哪里，很愉快，而且没有不相干的事打扰。”

“伯爵夫人的猫平时都干什么呢？”猫又问。

“什么都不干。”喜鹊回答，“我想她这一辈子就没抓过一只老鼠。她为什么要抓呢？她有吃有喝的，享用不尽，整天就是睡、玩，无所事事。”

“这是什么生活啊！”猫不由感叹起来，“在这里即便晚餐只是对付一下，我也得费尽心思才能捉到一只鸟或弄到点其他吃的，这世界真不公平！”

恰在此时，旁边树上飞来一只老猫头鹰：“女士们，你们最忠实的仆人来了！愿你们度过一个美好的夜晚！”

“亲爱的猫头鹰先生，你把我吓了一跳！我差点从树枝上掉下去。”喜鹊惊叫道。

说实话，喜鹊并不特别喜欢猫头鹰这个伴儿——他有时候说话很粗俗，再说，人们都认为他非常聪明，而喜鹊总是说，她讨厌聪明的鸟——他们其实愚蠢至极，可又自认为胜人一筹。

“对不起，恐怕我打断了你们津津有味的谈话。”猫头鹰发现他打搅了喜鹊。

这只猫则不失时机地把自己的悲伤和困惑传递给这只因其智慧而备受尊重的猫头鹰，于是她回答道：“唉，我亲爱的先生，我们刚才谈到这世界上存在着可悲可叹的不公正现象。"

"可以这么说。"猫头鹰左眼眨了眨道，"我想，现在，夫人，"他看着喜鹊，冷冷地说，"你现在的窝和伯爵夫人的宏伟宫殿相比，一个地上一个天上吧，我只想知道一点，你怎么会落到这一步的——特别是在你这个年龄？"

这问题是多么可恶、唐突！喜鹊非常反感，她在枝头坐立不安，直了直身子，嘟囔道："人都是各顾各，不对吗？"

"你，亲爱的猫咪，"猫头鹰继续说，"你打心里完全满意你现在的生活吗？"

"我说不准。"猫说，"我认为我有千百条理由不满意。伯爵夫人的猫早餐吃黄油面包和奶油，夜里睡在柔软舒适的垫子上，白天也是，如果她愿意的话。看看我过的是什么日子吧！我睡觉只能躺在壁炉边，早餐除了牛奶、棕色面包，别的什么也没有！"

"你有这些就不错了，应该心存感激！"猫头鹰很生气，"我告诉你，猫咪夫人，我的见识比你多，我说这些是为了你好——如果你能看到有的猫生活如何窘迫，你就会庆幸你的幸福生活。”

“哼！”猫咕哝道，“我真的无法理解你是怎么看待这世界的，整天不离树，眼睛眨呀眨的，好像你受不了阳光的刺激似的。现在，我叹服于你卓越的智慧，我想喜鹊对生活有所了解——我还是说，一只猫就因为她生在宫殿，早餐便有黄油酥饼和奶油吃，而另一只恰巧生在小木屋里，她便只能啃棕色面包，这不是社会的耻辱吗？”

猫头鹰回答道：“假设有一只猫，住地下室，除了能在排水沟里捡些吃的外，别无他物可吃，她就会说：‘真可悲，有些猫住着漂亮舒适的小屋，坐在暖烘烘的炉膛旁，早餐吃面包，喝牛奶，而我却不得不住在这阴冷潮湿的地下室里，从来就不知道怎样才能吃到一顿饭！’”

猫听到后心里掠过一丝不安，说：“我亲爱的猫头鹰先生，别夸大事实，你莫不是真的要我相信这世上还有像你说的那样的猫吧？如果真的如此，我相信喜鹊会告诉我的，她见多识广——你一定搞错了。”

喜鹊被冷落在一旁好一会儿了，快受不了了，想想自己已经克制了很久。

“你会原谅我的，我尊贵的朋友，”她转过身来对猫头鹰说，“但如果你真的日复一日坐在那里，眼睛在阳光下眨呀眨的，没有一个人和你说说话，我一点也不奇怪，你会胡思乱想的。我只能说，在我已故的尊贵的冯·鲁斯滕斯滕森特斯滕肯滕肯滕贝格伯爵夫人的宫殿里，在那儿的整个生活期间，我从未接触过像你想象中的那样的猫。我想，我应该对这个社会是有所了解的。”

“好吧，”猫头鹰平静地回答，“我不会质疑你对社会的了解，但我强烈建议我们的朋友——猫咪夫人安心待在家里，而不是想着进宫殿享福——人们应该学会知足常乐。”

就在这时，啪嗒，啪嗒，树叶上滴下几滴雨来。喜鹊还在那里喋喋不休，说大风暴将至。她从树枝飞下来，对猫轻声说：“别管猫头鹰说什么——他是一只老呆鸟！”喜鹊说完就飞进一个舒适的树洞里。猫头鹰打断她们的谈话，也不觉有什么不妥，他故意落在附近厚厚的常春藤上。猫跑进小屋，坐在火炉旁思考：“这两个朋友，听谁的好呢？”她脑子里一片混乱。

老奶奶关上了小屋的门，把一些干冷杉枝子搭在火上，坐下纺纱。雨敲打着百叶窗，风呼啸着吹过树梢，小屋后面的森林里狂风大作。门外，是可怕的夜，但在小屋内，温暖舒适——火苗欢快地跳跃着，老奶奶的纺车轻快地嗡嗡转着，水壶在吟唱着一首低沉的安神曲，底下木柴噼里啪啦响。猫坐在炉边，看起来温暖舒适，但她一点也不舒服——心里不舒服。不满足的人很少心里平和踏实。

那天晚上，她就没想过，门外寒风中还有无家可归的猫，没有什么为他们遮风挡寒的。因为抱怨者总是自私的，从来不会想到别人还有需要。事实上，那个时候她别无他想，想的只是幸运生在宫殿、被上天眷顾的猫咪所能享受到的奢侈品。于是，她趴在炉边最暖和处，看着松木燃烧时不断跳跃的火焰迸发出的火星，千百次祈祷自己好运来临，能踏入宫殿。终于，一件意想不到的事发生了。

突然间，猫觉得有什么东西轻轻拽了一下她。她看了看，原来是人人梦寐以求的美丽无比的小仙女。她高不过数厘米，她的长袍似乎是由细如蛛丝的金线银线织成的，她头上戴着镶着一圈钻石的发箍，小巧精致，闪闪发光，看起来像火花。她的小手里拿着一根又细又长的银魔杖——它更像是一根非常精细的织针。

猫瞪大了眼睛，吃惊地看着她，很奇怪，老奶奶似乎没有看到她。

美丽的小仙女直直地盯着猫看了一两分钟，然后说："你渴望得到一些东西，那你想要什么？"

闻听此言，猫才完全从惊愕中醒过神来，能够开口说话了，她回答道："仙人在上，不管您是何方神仙，您这次猜对了——我的愿望是：我希望能住在喜鹊说的伯爵夫人宏伟的宫殿里！"

太神奇了！猫话音未落，仙女就用魔杖在地上敲了三下，看哪！眼前立刻出现了——至于它是怎么出现的，我无法想象——一辆由四个大扇贝壳组成的宫车！上面处处装饰着天鹅绒，车轮上镶嵌着洁白的珍珠，车子由八只银色的雉鸡拉着。仙女坐在车里面，让猫上来。猫立刻遵命，小屋、老奶奶、小花园瞬间都消失了！她和仙女在天空中穿行，八只雉鸡飞得像闪电一样快。

“我们要去哪里，陛下？”猫用爪子紧紧抓住车帮，害怕掉下去，胆战心惊地问。“嘘！”仙女表情严肃，语气中带着威严，猫没再敢提问。

向前，向前，向前，他们一直在飞，直到阴森森的森林被远远地抛在脑后。风暴平息了。当月亮从云层后面露出脸时，猫发觉他们正在飞越一片荒原，那里群鸟翩飞，高山从平地隆起，转眼间又沉降为平原和山谷。她听到脚下风吹过松林，沙沙作响，如遥听到大海波涛汹涌的声音。雉鸡飞啊飞，忽然远处灯光闪烁，隐隐约约现出一座城池。雉鸡扇动翅膀，城池越来越近，角楼的尖顶和古老的城墙在如水的月光下静静矗立，脚下的房屋越来越稠密。

最后，雉鸡慢了下来，猫看见她们正飞向一座非常宏伟的宫殿。一路上的飞行，让她担惊受怕，同时又心怀企盼，紧张激动的心还在怦怦直跳！是的，她们确实飞临一座宏伟的宫殿。高高的塔楼和雕刻着奇特图案的大门，在地上投下奇形怪状的影子，格子窗玻璃像钻石一样在月光下闪闪发光，烟囱冒出的烟灰落到猫脸上，跑到她喉咙里，呛得她直咳嗽。她在想，仙女怎么能受得了呢。那辆华美的车缓缓地降落，即将碰到窗子上边时，窗子一下子打开，雉鸡、宫车和车上所有人，稳稳当当停在炉边。“快下车，快！”仙女大声喊道。猫不等话音落下就迫不及待地下来了。等她转过头来，宫车、仙女和雉鸡都不见了，陌生的房间里只剩她自己了。“这是真的！”她惊呼，“还有比这更不寻常的吗？”她就像做梦一般！看这间房子，它是真大，能盛得下三四个像她主人那样的小屋！地上铺着厚厚的叫不上名字的东西，暖暖的，五光十色，上面还绣着五颜六色的花朵，精美异常，见所未见。总之，房间里的一切都那么豪华，那么柔软，那么宽敞，那么明亮。猫实在想象不到所有这些奇异的东西的用途。

然而，她很快就做出判断，炉前地毯是她睡过的最舒服的床，她四仰八叉地躺在那儿，面前燃烧着旺旺的炉火，她想先静一静，然后再细细探究这个新地方。这时，门突然开了。

“亲爱的猫，你真漂亮！”一位侍女大声说着走了进来，“这恰恰就是我们想再要的猫。我的夫人，伯爵夫人，一定会很满意。”然后，她走到猫跟前，把她抱到怀中，轻轻抚摸着。“小猫咪，你是怎么进来的？我看窗户开着，你是从街上溜进来的吧？可怜的猫咪！真的很幸运，老猫死了，你正好来了。”说着，她用手继续抚摸着猫，并抱她进了里屋，里面有位老夫人，正悠闲地坐在一把椅子上烤火，显然她还在吃晚餐。

“夫人，”侍女说，“今晚家里闯进了一只可怜的猫，与我们想要的一模一样——夫人，您愿意把它留下吗？”

“那好，就是她了！”老冯·鲁斯滕斯滕森特斯滕肯滕肯滕贝格伯爵夫人说道，“她来了，就让她替代可怜的老菲内特吧。埃芒加德，把她放在菲内特的床上，给她做顿好饭，我想她肯定饿坏了，可怜的猫咪！好，快把她抱过来，让我抱抱。”

你可以想象，当伯爵夫人轻拍她时，她是怎么扯着嗓子撒娇的。夫人说她真乖。猫认为自己现在是世界上最幸福的猫，她多么希望让那只讨厌的老猫头鹰看看啊！侍女埃芒加德把她抱回她刚才待过的房间，把她放在炉边地毯上就出去了。很快她又回来了，放在猫跟前一个盘子，上面有晚餐。以前只听喜鹊说过这些，她想都不敢想啊！几分钟之前她才相信，继而又怀疑，这是真的吗？然而，她还是风卷残云一般，把盘子里的东西都吃了。接着，侍女又是拍打，又是抚摸，把她抱起来，放进炉边一个铺有软垫子的非常漂亮的篮子内。她能睡得着吗？好大一会子她都睡不着，尽管她飞了很长时间，已经很累了。一切都太神奇、太美妙了！她几个月来一直渴望成为伯爵夫人冯·鲁斯滕斯滕森特斯滕肯滕肯滕贝格家庭中的一员，现在终于住进宫殿了！这确实太美妙了。她终于睡着了。

第二天，猫一早就醒了。阳光透过豪华房间的窗户照进来，里面的所有东西看起来都那么漂亮！和老奶奶的小屋截然不同！猫在篮子里坐起来，向外看了看。她心里美滋滋的，又在里面待了一会儿。这时，埃芒加德打开了门。

“喂，猫咪，”她说，“你醒了，准备吃早餐吧。”

要吃黄油酥饼了，猫心里想。女仆走了出去，很快又端着一个装满浓牛奶的大碟子回来了，把一些蛋卷弄碎，放了进去，没有黄油酥饼。

猫顿时感到一种茫然的失落感：“怪了，怎么没有呢？也许以后早餐会有吧。”她的早餐虽说非常丰盛，但必须承认，她一整天都有些不快。不大会儿，老伯爵夫人进来了，后面跟着一只哈巴狗——一只肥肥的、被宠坏的、看起来令人厌恶的狗，这只猫第一眼就不喜欢他。狗呢，当伯爵夫人弯腰抚摸猫时，差不多同时汪汪大叫起来。显然，双方都怀有敌意。

“喂，维佩尔，”老夫人说，“好，你知道你是我的宝贝，但你不能与可怜的猫争吵，不许打架！”

于是，维佩尔挣脱了女主人的怀抱，跳下来，她刚才抱起他来时，亲了他一口。他汪汪叫了两声，以示对她的告诫不屑一顾。他坐到炉火前的凳子上，盯着新伙伴，目露凶光，可怜的猫吓得浑身发抖，她心里默念着，自己能安全脱身就好了。还好，每当伯爵夫人离开房间，她总是叫走维佩尔，所以他们第一天没有在一起。再后来，猫开始习惯维佩尔的凶相，并不怎么把他放在心上。老夫人整天抚摸猫，那么爱猫，她认为没有比这只更幸运的猫了。说到这一点，我们很快就会看到。

晚餐时间到了，当维佩尔想和猫一起吃饭时，埃芒加德拿来两个盘子，他们俩分开吃。当维佩尔差不多要吃光自己的了，猫想着享受最后一口美食时，厄运降临了，伯爵夫人突然被叫出房间。

瞬间，在猫的耳边响起炸雷般的咆哮声，维佩尔冲向正做着美梦的猫，大声说：“你这个卑鄙的小坏蛋，流浪猫！你认为我会容你来这里抢我的骨头吃吗？”

“我的大人，”猫怕得要死，哆哆嗦嗦地说，“我没想多吃多占。”

“我的夫人，”维佩尔尖叫着，“你什么意思？你是说我多吃多占了？猫咪太太，听我说最后一遍，如果你再对我无礼，我两分钟内吓都能吓死你！”

可怜的猫咪！她浑身颤抖着，如筛糠一般，差一点就站不稳了。她正要哀求狗不要生气时，伯爵夫人回来了，接着，她很快把维佩尔带出去放风了。那天下午，猫再也没见着他。可怜的猫咪！晚上，她满怀悲伤，思前想后。她追问自己，她离开原先主人的小屋前，拥有什么？她早餐肯定有奶油吃，晚餐有鸡肉吃，但是，如果她每吃一口饭，都怕那只蛮横无理的狗给抢去，甚至怕他咬她，折磨她，这算什么生活？

她心里念叨了几十遍，希望自己离他远远的。

她小心翼翼，决定什么都不做，以免惹到那只恶狗。因此，在接下来的三四天里，凡有好骨头，她都让给了他。他若想躺在她的垫子上，她就跳下来让开；他若在房间里，她都会客客气气相待。她处处让着他。但不幸的是，有一天早上，就猫自己在客厅里，安安静静的，她感觉非常困（因为心里担惊受怕，头天晚上几乎没合眼），想着不妨趁此机会打个盹儿，所以她就跳上火炉旁的一个高脚凳，很快睡着了。她不知睡了多大会儿，被一阵狂吠声惊醒了，她睁开眼睛，看到维佩尔站在近旁，他的怒火看起来要爆发了。

可怜的猫咪！她醒过神来，腾地跳上维佩尔的脚凳！她动作极快，还没等维佩尔开始数数，就蹿上去了。

“你这个胆大包天的投机分子！”狗大喊大叫，怒不可遏，“你认为我会容你无法无天，到处撒野吗？”

“我，我，”可怜的猫结结巴巴地说，“万望大人您原谅，我真的忘记了——”

“真的忘了？”维佩尔吼道，“我会教你去忘记的，猫咪太太！”说着，他朝她泰山压顶般猛扑过去，他会撕毁她的！好在她运气好，窗户闪着道缝，猫正好能顺着爬出去。

她立刻蹿到靠窗的座位上，在肥头大耳的维佩尔眼皮子底下，爬出了窗外。维佩尔行动困难，也起身爬到座位上，想从窗户里挤出去，可是不行，他身子太臃肿了。他又气又急，狂咬一阵。他把后腿搭到凳子上，头伸得老长，向窗外望去，看猫去哪儿了。

猫咪怎么样了？她下到街上，悄悄地钻到窗

户下面一块又宽又厚的石雕下，知道已经安全脱险了。她躺下来，一边大口喘着气，一边考虑下一步的行动。宫殿是回不去了，能去哪儿呢？可怜的猫！她一筹莫展！在冒险离开藏身处之前，她休息了一个小时。最后，她警觉地四下瞧了瞧，爬出来，然后撒腿跑到大街上，也不知奔向哪里，闷着头乱跑。还没走多远，她就引起了一群在街上玩耍的孩子们的注意。他们大喊大叫，在后面追赶她。她又加快脚步，拐到旁边一条小巷里，很快便把追兵甩在脑后。她听到他们的尖叫声和呐喊声越来越小，感觉眼前的危险已经过去，就放慢了脚步，看看自己跑到哪儿了。她发现自己在一个又小又脏又破的院子里，院落后头有一面没有院墙，从缺口处她看到几棵大树和远处绿色的田野。她想，这样游荡太危险了，于是便跑开了，很快离开小镇，来到田野。怕会遇到更多的狗，她非常小心，不去人住的地方。她在草地上滑行到一个小树林中，这让她想起老奶奶小屋附近的森林。看到没有合适的地方过夜，她爬到那棵最高的树上，知道这样应该可以避一下地面的狗。她在树中间的树杈上找了个舒适的地方（虽说是秋天，树叶还是很密的），决定在那里过夜。

夜还长，还有好几个小时，吃些什么呢？一想起晚饭她就发愁。因为她与维佩尔的争吵发生在晚饭前，所以现在是没指望吃上晚饭了，但她可以想法儿对付一顿。也许，运气好的话，她有可能逮住一只知更鸟。但那比不上埃芒加德每天晚上给的家禽肉，还有那满满一碟子牛奶。然而，她很高兴爬到树上来，这里很安全，很舒适。于是，她决定睡觉前先在这里，看看能找到什么东西吃。她从树杈之间向四周看了看，发现四面全是荒野，很荒凉，只在树林边散落着几户人家。

她的避难所似乎远离大路，她希望与人与狗保持安全距离。

晚上，下露水了，小鸟开始返林归巢。猫决定冒险下树觅食。我很抱歉地说，在这个时候，她极度饥饿，她逃不过大自然的规律。几分钟以后，她向一只可爱的知更鸟发起了攻击，把她吞吃了。如果猫知足的话，吃了这只知更鸟，她会快乐整个秋天，安安稳稳地待在小屋的家里。也许猫会那样，而可怜的知更鸟成了饥肠辘辘的猫的腹中餐。然而猫咪认为，晚餐只吃知更鸟是吃不饱的。尽管那是那天晚上她能吃到的最好的晚餐。其他的鸟对她来说太灵活了，抓不着。所以，又累又饿，猫又爬上了树，很快睡着了——她确实太累了，一整天都没闲着。第二天早上，她醒来后，觉得四肢麻木。晚上下了霜，她很冷，但是树林里无法取暖，她就爬下来，准备抓只鸟，做早餐，也活动一下，暖和暖和。她浑身发麻，几乎下不来了；她的骨头酸痛，仿佛已经得了风湿病。然而，跳一跳抓抓鸟，

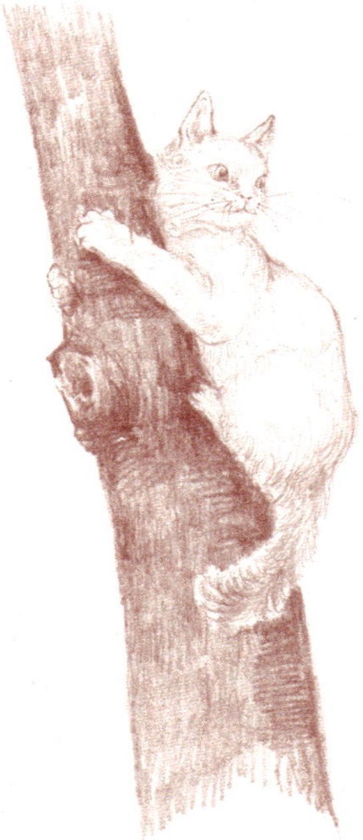

体力又逐渐恢复了，她感觉精神好点了，直到看到远处公路上，一辆马车在前面行驶，一只大狗在后面跟着，她又陷入恐慌之中，噌噌爬上了树。但马车只顾走，并没有注意到猫。车轱辘声很快就消失了，一切又恢复平静。

多么漫长愁人的一天！她一只鸟也没抓到——他们似乎都飞离了树林，没在树上栖息。吃上一顿饭可真难啊。夜晚又开始冷了。晚上她醒了很多次，天空寒风呼啸，秋风阵阵，将越来越多的叶子吹落，可怜的猫，在饥寒交迫中才想到老奶奶家那暖暖的、明亮的炉火，还有她的棕色面包和牛奶。她对自己的愚蠢——更糟糕的是，她对自己的忘恩负义——懊悔不已，都快把眼珠子哭出来了，因为她一心认为住在宫殿里会很舒服，便离开了照顾她的好心的老奶奶，那是她最好的朋友。人们有时会意识到自己错了，但往往为时已晚。

长话短说，三四个日日夜夜——令人悲伤的白天，寒冷凄惨的夜晚——以同样悲惨的方式过去了，或者更确切地说，事情越来越糟，因为暴风就要来了，树叶快掉光了，树林里几乎没有任何避风的地方，猫冻坏了！

找食吃越来越难，鸟儿们害怕走近她。可怜的猫一筹莫展，不知道该做什么——饥寒交迫，她真的快半死不活了。

“唉，”她叹息着，躺在树下的落叶上，“要是不听那骗人、害人的喜鹊的鬼话就好了！”

她的确有很好的理由这样说。

太阳西落，白天刮了几次狂风。傍晚时，天气稍微转晴，落日余晖从乌云中射出，照在她旁边闪闪发光的东西上。

她懒洋洋地睁开眼，一点警觉劲都没有了，她又看到了那个靓丽的小仙女，坐在雉鸡拉的宫车里。

“你学会安于家中粗茶淡饭的生活了吗？”仙女问道。猫搞不懂她的神色，她不知道这位怪怪的访客是否对她心怀善意。

“哦！如果你愿意，带我回到我的老奶奶那里吧！”可怜的猫握紧爪子，苦求道，“我永远不会再心怀不满了！”

仙女笑了，用她那银魔杖轻轻点了她一下，让她闭上眼睛——一会儿，她睁开眼，最奇妙的事情发生了：树木，田野，远处的村镇，统统不见了！迷人的火苗在炉膛内跳跃，红彤彤的，不时发出噼啪声。嗡，嗡，嗡，老奶奶纺着线，像往常一样坐在那里。风夹杂着雨点打在百叶窗上，就像那夜猫以如此神秘的方式离开小屋时一样，看起来没什么变化。猫揉了揉眼睛，仙女、宫车、雏鸡，全都消失得无影无踪。

回来也是这么快？老奶奶见到她，一点都不惊讶，这很奇怪。她是无论如何都搞不明白。想来想去，她突然想到，或许这只是一场梦，她从未离开过这里。可又一想，维佩尔那可怕的号叫声，那些在树上凄凉的日日夜夜——不，它们一定是真的！不过，很奇怪，如果她走丢了，老奶奶不应该不惊讶。怎么会是这样呢？真是让人无法理解。

她的疑虑被老奶奶欢快的声音打断了，她大声喊道："来吧，我的猫咪！该吃晚饭了！"说着，她从纺车前站起身来，从墙角的饭橱里拿出几个鸡蛋、一个棕色面包、一把大壶。她把鸡蛋磕开，倒到煎锅里，锅里很快就发出诱人的嘶嘶声和噼啪声。接着，她把一个大碟子放在桌上，把面包掰碎放到上面。回到炉灶旁，她拿下煎锅，把鸡蛋盛到盘子里，坐下来吃饭。她自己还没吃一口，就把一些上好的山羊奶浇在碟子里的面包屑上，放到猫跟前的壁炉上。

现在我敢说，猫以前吃饭连现在一半的感恩心都没有。猫暗下决心，吃饭后决不跟那只愚蠢的喋喋不休的喜鹊说一个字，永远不再沉迷于任何愚蠢的想法，老老实实待在家里，尽职尽责抓老鼠，对生活感恩，知足，有棕色面包吃有牛奶喝，不会再想伯爵夫人和黄油酥饼了。

我很高兴地告诉你们，她下决心做的事全都做到了。她后来再也没理过那只喜鹊，但与猫头鹰建立了深厚的友谊，一直到猫头鹰去世——他活了很大年纪才离世。猫头鹰把出没于小屋附近——他领地上的老鼠全部留给了猫。

喜鹊呢，发现自己在那儿不受欢迎，非常识趣地离开了，飞到树林的另一边去了。

她是否还住在那里，继续喋喋不休地宣扬她在冯·鲁斯滕富斯滕穆斯滕肯滕滕滕贝格伯爵夫人的宫殿里辉煌往事，恕我无可奉告。如果你想要弄清楚她们现在怎么样了，就必须先去基滕科肯斯特林根公国的北部，再往北走十七点七五里路，右拐，你会看到一个老杉树树桩，秃鼻乌鸦的巢就筑在那里。接着再走十一点二五里路，然后左拐，直着走十五里后，你会看到喜鹊居住的树林。穿过树林，你会看到老奶奶的小屋。如果碰巧是晴天，我敢保证，你们会看到她坐在阳光下纺线，旁边趴着那只知足的猫。

05. 白波斯猫

〔英〕伊迪丝·内斯比特

我是一只猫，一只异常美丽、正值壮年、受人尊敬、责任心强、小心谨慎的家养的大花猫。但是我没啥地位，知道自己在家中的位置，不敢逾越半步。冬天，我就待在离火炉最近的地方，夏天，则趴在洒满阳光的窗台。我没啥烦心事，哪怕我的奶

油上飞落苍蝇，主人给不给我肉吃，对我来说都无所谓。直到有一天，有位好心人送给主人一只白色的波斯猫。

“她长得太好看了，太漂亮了！”

她那轻柔的叫声，略显可笑的举止，多愁善感的性格，还有那一双蓝色的眼睛，无不透着一种动人的美。不过，她听不懂英语，当有人用英语叫她“猫咪，猫咪”时，她就躲到沙发底下，或许她认为那是人们在捉弄她。她只懂两种语言——波斯语和猫语。

我的主人可不管这些，他叫她“猫咪”“小猫咪”诸如此类的以前慷慨用在我身上的千百个昵称，可她这个新来的猫竟毫无反应。主人见她如此冷淡，不由长吁短叹。

“唉，真可怜，看来她耳朵聋了。”他叹道。

我坐在火炉旁，抹抹脸，挠挠爪子，在一旁观察着。主人干脆不大搭理这只新来的猫了。但我担心为了亲近她，他会去学波斯语或猫语。我打定主意，最好让那只波斯猫的举止行为有一个彻底的改变，主人就不可能与她关系好了。我对她说：

“你也许会想，主人咋这样冷眼看我。你不知道，在英国，人们认为白猫应该比其他颜色的猫叫声时长长二十倍，声音大二十倍。”

“谢谢你告诉我啥原因。”她诚恳地说道，“我不懂规矩。还好，我有副好嗓子。”从这以后，她想要奶喝了，她就起劲地大声叫唤，二十里外都能听到，主人惊得差点儿把茶托掉到地上。她喝完奶，就蹦到主人膝盖上。主人用手抚摸她，她就开始发疯似的喵喵大叫，想让他高兴。起初他很高兴，但猫叫声越来越大，受不了了，他便用手堵上耳朵说：“亲爱的，哦，亲爱的，这叫声比整个蜂群的叫声都大都难听。”

主人还是轻轻把她放了下来，我则恭维她表现很好。后来她做得更好。她是一只用功的猫，虽然愚蠢，但急切想做好她那种颜色的猫在英国应该做的一切，她不分昼夜地练习发声。

她的叫声是我听到的猫叫中最响亮的，但她幻想还可以叫得更响。她利用一切机会来练习发声：在花园里，在家里，在祷告时，在饿了想要东西吃时，当她吃饭了表达自己感激之情时。

“真可惜，”主人对一位来看望他的朋友说，“她耳朵太聋了，自己听不到自己怎么叫的。”

当然，我明白他的意思。她到目前为止，还没有听懂一个英语单词。如果主人再去学波斯语，我想留给她的时间，不会超出他学习字母的阶段。

“我想她没有那么糟。”他的朋友说，“你真不想要她了吗？她可是非常漂亮，走到哪里都能拿到一个奖项。”

“那就送给你吧！”主人立即说道。那位陌生的绅士把她放在篮子里，带走了。

当晚，是我趴在主人的膝盖上，是我看着他在铺着绿桌布的写字台上写信，是我把他奶茶里剩下的牛奶全都喝光了。

几天后他收到了一封信。他把信放到一边，我

读了读。如果你不相信猫也识字，那我只能说，读一封像主人收到的那样的信，就像我创作这么一个故事一样容易。来信内容是恳求我的主人拿回那只美丽的波斯猫。

“猫的叫声，”信里接着说，“比先前声音还大。可怜的猫啊，和你说的一样，太聋了，我受不了她。”

后来，邮局又送来一封信，那位朋友请主人帮帮他，可怜可怜他，这不！他又来喝茶了。我心里打战，我那位外国对手可别再回来与我同住。但她没有来。第二天早上，主人把我抱到他的膝盖上，轻轻摸着我，说：

“啊，塔比金斯！我们不会再养波斯猫了。我已经把她送到我的聋姑妈家了。她会很高兴——一个最美的礼物——她和猫都是聋子，那美丽的波斯猫的尖叫声再也不会伤害到任何人了。”

“但我再也养不了能拿奖的猫了。”说着，他往碟子里为我倒了一些奶油。“你懂我，知道怎么做？我再也不养其他猫了，只要你。”

我当然知道怎样做，他再也没养过其他的猫。

06. 聪明反被聪明误

〔英〕伊迪丝·内斯比特

“给我们讲个故事吧？妈妈。”年仅三个月最小的猫说。“我讲的你们都听过了。”猫妈妈语带困意，在干草堆里打了个滚。“再讲一个新的！”最小的小猫缠着她。猫妈妈巴夫太太一下子把耳朵捂住了，同时她也笑了。你听过猫的笑声吗？人们说猫经常会发笑。“好吧！我知道一个故事，”她说，“但我不确定故事的真实性，虽然是我亲爱的妈妈的一位好朋友，一位最可敬的脸上有老年斑的上了年纪的绅士告诉我的。他说，他是塔比·怀特夫人——故事的主人公是拐了二十九个弯的二表弟。”“哦，快讲吧！”小猫们说，他们坐得直直的，焦急地看着妈妈。“很好！”她亲切地说，“你们若打断我，我就停下不讲了。”因此，除了巴夫夫人的说话声和小猫们听着入迷时发出的欢快的叫声外，谷仓里一片寂静。

“塔比·怀特夫人像穿着一双软底鞋抓老鼠的猫一样聪明。她总是能知道老鼠会从壁板那里窥探，没等老鼠发现她，她已把她那尖利的爪子温柔地搭在他身上，她知道为自己也为她的孩子们抓老鼠的诀窍，抓来后便把他们当作美味的早餐。当春天来临的时候，孩子们，我会教你们如何抓老鼠。怀特夫人以前常静静地躺在墙上的常春藤里，每当大鸟儿去毛毛虫店时，她就把小鸟从鸟巢里抓出来。正如我说的，塔比·怀特夫人很聪明，凭她的聪明劲儿，她并不满足自己现在在猫界所处的地位。

“‘当然，猫比人更理智。’她自言自语道。‘但从人那里还是可以学到一些东西的。我必须观察他们，看看他们是如何行事的。’

“第二天早上，当厨师给塔比·怀特太太做早饭时，她注意到厨师是把牛奶从壶里倒进碟子里的。下午，塔比·怀特夫人感到口渴，但她没有像往常一样把头伸进壶里喝奶。你们知道吗？她要像厨师那样，把壶一歪，倒出牛奶来。但是猫爪虽然很有力，能捉老鼠捉鸟，但若要抓住棕色的大壶，力气还是太小了。那个讨厌的骗人的大壶从碗柜里掉了下来，摔碎了。塔比太太说：‘怨我，都怨我。牛奶洒了一地。’

“‘这个壶到底是怎么碎的？’厨师一进门，就一脸茫然。

“‘一定是猫干的好事。’厨房女佣说。她说得对，但没人信她的话。

“塔比·怀特夫人还注意到，人睡在铺有柔软床垫的白色大床上，而不是睡在厨房的炉垫上，也不像猫一样睡在谷仓里。于是，一天晚上她对孩子们说：‘孩子们，我们要搬到新家住了。’

“小猫们很高兴，他们都悄悄地爬上楼，爬到了人最好的床上。但不幸的是，床是为人类叔叔睡觉准备的。当他发现床上有猫，他不是轻轻地把他们赶走，而是朝他们乱扔靴子，直到他们四下逃窜，脸色煞白，都白到尾巴尖了！第二天早上，他告诉这所房子的女主人，一群猫竟然睡在他床上，太可怕了。他发誓，如果还是这样，他永远不会在这屋檐下再过一晚上。塔比·怀特夫人非常高兴，因为没有一位女士希望朝她扔靴子的人再次光顾这所房子。但房子的女主人伤心地对她说，‘哦，塔比！你让我们失去了财富。’以塔比太太的聪明，她不必搞明白女主人啥意思，继续骄傲地喵喵大叫，并盘算着下一步她能做出什么聪明的事来。我也不知道啥是聪明的事，所以不要用愚蠢的问题打断我。

“‘我认为我们应该穿鞋，’塔比·怀特夫人说出了另一件事。但是人穿的鞋对他们来说都太大了。然而，有一双漂亮的鲑鱼色童鞋，很新，是给人的孩子玩的大布娃娃穿的。塔比·怀特夫人把鞋穿在她最大的孩子的棕色小脚上。

“‘现在，布林德尔，’她说（布林德尔是以告诉我这个故事的绅士的名字命名的），‘你比任何小猫都更伟大。’起初布林德尔听到很高兴——然后他努力使自己高兴起来——最后他才知道自己一点也不高兴。鞋夹得他脚疼，疼得他嗷嗷叫。塔

比·怀特太太就像其他猫妈妈那样，轻轻地打了他一巴掌，你们知道我的意思吧！但是，当他妈妈睡着时，他就把粉红色的鞋子拽了下来，把它们撕成了碎片。保姆一气之下打了他一巴掌。可怜的塔比·怀特太太看到儿子被打非常痛苦，因为自己打自己儿子是一回事（像所有猫妈妈一样轻轻地打，你知道我的意思），看到别人打自己儿子是另一回事——下手重，就像保姆一样。

“塔比·怀特夫人模仿人类的行为所做的最后和最大的努力是在一个周六的晚上。

“她看到人类的孩子在托儿所炉火前的盛满热水的浴缸里洗澡，用粉红色的肥皂搓，再用干毛巾擦，动静很大。她自言自语道：‘人的孩子可以在十分钟内用这个大浴缸洗干净，我为什么每天要浪费几个小时，用我白色的小爪子和粉红色的小舌头给孩子们舔啊，洗啊？如果能节约更多洗澡时间，去做别的事，我可以变得更聪明更伶俐，我应该能成为世界上最好的猫。于是，她坐在那儿，看着，等着。

“当人类的孩子洗完澡回到床上睡觉时，保姆迫不及待地下楼去吃她的晚餐，准备吃完后再清洗浴缸，因为一顿有烤洋葱和烤奶酪的热腾腾的晚餐在等着她。毕竟饭菜做好了你不立即去吃，那你有可能怎么都不愿去吃了，因为菜一凉就不好吃了——至少我听到烧饭的女佣这样说过。

“塔比·怀特夫人一直等到保姆完全下了楼，她才把她两个孩子放进浴缸里，用玫瑰香味的肥皂和土耳其海绵给他们搓，给他们洗。起初，他们觉得很好玩，但肥皂水溅到了他们眼中，他们也害怕海绵，又急又怕，哭了，不停地叫唤，要妈妈抱出来。我不知道她为什么要这样给孩子洗澡，我可不会那样对待我的宝贝猫咪。

“当塔比夫人把他们抱出来时，她想用柔软的毛巾把他们擦干，但不知何故，猫身子不像人的孩子身子那样容易干，小猫们冻得直打哆嗦，抱怨着：‘哦，妈妈，刚才我们感觉很好，很暖和，现在我们浑身发冷！为什么会这样？我们做了什么？是因为我们顽皮吗？

“‘该死的猫！’当保姆吃完晚饭上楼来，发现塔比·怀特太太正用她自己舒适的皮褥子暖她的小猫时，她生气地骂了一句。‘他们怎么没在浴缸中摔着呢？’

“保姆把可怜的、可爱的、被强摁在热水中洗澡的小猫擦干了一些（她的手比塔比夫人的大，所以她更麻利些），并把他们放在一个铺有法兰绒的篮子里。第二天，基特虽然看上去有些憔悴，但还不错，而布林德尔则浑身发冷，几天来，他一直徘徊在生死的边缘。可怜的塔比太太急得就跟疯了一般，最后布林德尔又好了（也可以说快好了，因为在那之后他总是有点咳嗽），塔比·怀特太太对孩子们说，‘亲爱的，我错了，我是一只老傻猫。’

“‘不，’孩子们齐声说，‘亲爱的妈妈，你一直是最好的妈妈。’

“塔比夫人吻了他们两个，当然，这是任何人都会很愿意看到的场景，在孩子们眼里，她是最好的猫妈妈，但是她心里很清楚，她是多么愚蠢。

“后来，她又给小猫洗澡，当然，这次不会再用粉红色的肥皂和白毛巾了，而是用老办法，用白爪子和粉红色的舌头洗。”

“谢谢妈妈，”猫宝宝们齐声说，“给我们讲了一个发人深思的好故事。”

“道理嘛，”布菲太太说，“就是，‘聪明反被聪明误。’我不确定这个故事是不是真的，但我知道就是这个道理。哦，到喝茶时间了。来吧，孩子们，端你们的茶去。”

从此，小猫们都不声不响地去抓该抓的老鼠，最小的猫非常聪明，她知道要是她妈妈不打她巴掌——像猫妈妈们那样，轻轻地，你知道我的意思，怕是永远抓不到老鼠了。

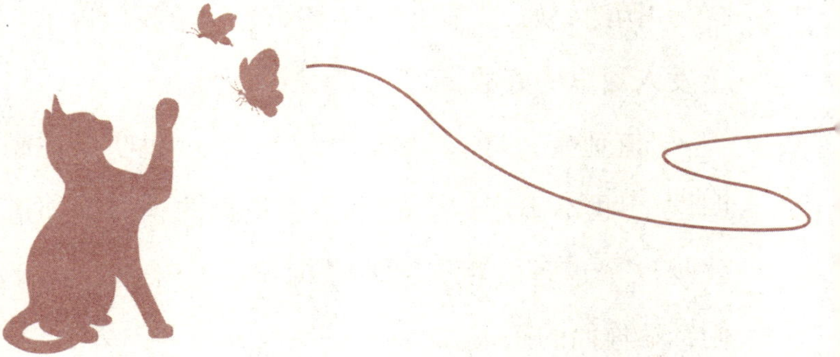

07. 贫民窟的猫

〔加〕欧内斯特·汤普森·西顿

生命的第一阶段

I

“卖肉了，卖肉了！”斯克林姆坡巷子里传来了熟悉的吆喝声。这是哈梅林的身穿花衣服的风笛手的声音，附近几乎所有的猫都会循声前往，而那些狗呢，全都冷眼旁观，无动于衷。

“肉来了，吃肉了！”喊声越来越大。中心人物——一个举止粗野、脏兮兮的小个子男人，推着个小推车出现了，他身后跟着二十多只猫，吱吱哇哇乱叫，与他的吆喝声同样刺耳。男人每走五十步，如果再有一群猫围上来，小推车就停一停。那个拥有魔幻声音的卖肉人从车里拿出一根钎子，上面串好了一片片香喷喷煮好的肉。他用一根小长棍把肉片拨下，一只猫一片。猫嘴里衔着肉，转过身，耳朵微微耷拉着，嘴里发出小老虎般的呜呜声，目光虎虎生威，蹿出去老远，找个自认为是安全的地方，狼吞虎咽吃起来。

“卖肉了，卖肉了！”它们吃完又跑过来。卖肉人对所有的猫都很熟悉，有卡斯蒂廖内的虎猫，琼斯的黑猫，普拉利茨基的托尔克希尔，丹顿夫人的白猫，那只偷偷溜过来的是布伦金肖夫的马尔蒂，爬上手推车的那只是索耶的黄猫比利。索耶是一个厚颜无耻的诈骗犯，穷得叮当响。所有的猫都被卖肉人牢牢记在心里，记在账上。这只猫的主人肯定会一周付一角钱，那只猫不确定能给不能给。约翰·瓦西的猫只吃到一小块，因为约翰还有欠款未还。然后是打着领圈戴着绶带的酒店老板的捕鼠猫，得到了一大块，因为酒店老板为人慷慨。那个巡夜人的猫，虽说巡夜人没交过钱，但还是得到卖肉人不同寻常的照顾。另外还有其他情况的猫。一只白鼻子的黑猫自信满满地和其他猫一起跑过来，却被卖肉人轰走了。唉！白鼻子的猫搞不明白是什么原因。几个月来，它一直是这个手推车的食客，为什么如今对它这么不友好了？这超出了它的理解范围。但卖肉人知道，它的主人已经不再付钱了。卖肉人没账本，仅凭脑子记，但他从来没记错过。

除了围在手推车周围尊贵的“四百”只猫以外，又出现了一群猫，它们站得远远的，因为它们不在名单上，也就是不在“社会名人录”上，它们是被那浓浓的肉味给吸引过来的，但把肉吃到嘴里的机会微乎其微。在这群猫中，有一只瘦瘦的灰色的来自贫民窟的流浪猫，它靠着自身的智慧而生存。它身材细长，毛还算干净。明眼人一眼就能看出，它在穷乡僻壤的一户人家过活。它用一只眼观察着手推车周围的动静，用另一只眼盯着狗，防备它们冲过来。

它看到二十多只幸福的猫衔着它们的“每日一餐”，似老虎一般，大摇大摆地走过，但是没有它的份儿，直到和它一个阶层的大公猫突然冲向一个小推车领“年金”者，准备抢劫。受害者急忙放下肉准备保护自己免受敌人的攻击，在“全能”的猫介入之前，这只灰色的贫民窟的猫看到机会来了，趁机衔住肉就窜了。

它穿过一户人家的侧门门洞，翻过后面的院墙，很惬意地坐下来吞食了那块肉，然后七拐八拐来到垃圾场，在那里，它的孩子们正在一个旧饼干箱下等它。一声凄惨的猫叫声传到它的耳朵里。它飞快地跑到箱子边，看见一只黑色大公猫正神情自若地捣毁它的窝。公猫的体形比它大一倍，但它并不害怕，用力朝大黑猫撞去。大黑猫像大多数动物干坏事被发现一样，猛一转身，夺路而逃。箱子里只

剩一只小猫幸免于难，它长得和它妈妈一样瘦小，不过皮毛颜色要更明快些。全身呈灰色，上面点缀着黑色斑纹，鼻子上、耳朵上、尾巴尖上各有一块白点。毫无疑问，接下来的几天，灰猫会很难过。

但是，悲伤总要过去，它把所有的爱都放在了幸存者身上。这种母爱，和嗜血成性的大黑猫的残忍绝对是云泥之别，这一点不容怀疑。还好母猫和小猫咪的精神头很快恢复。母猫每天都得出外寻找食物，从卖肉人那里得手的机会越来越少，不过还有几个垃圾箱可以找东西吃，如果在垃圾箱里找不到肉的话，至少有土豆皮可以用来减轻第二天因肚子饿而引起的胃绞痛。

一天晚上，猫妈妈闻到了一股来自小巷尽头——东河那边的诱人香味。新的气味总是需要一番调查，当这种气味既新鲜又诱人时，那个传出气味的方向就更加容易辨别。猫妈妈跟随着气味的引导来到街区外的一个船坞，前面是一个空旷的码头。突然传来一阵咆哮声，然后是急促的脚步声，它一眼就看到是它的老对手——码头狗向它冲了过来。它打不过码头狗，只有拼命逃跑。它从码头一下跳到传出气味的船上。码头狗跳不上去，只好守在船边。当渔船在第二天早上起航时，猫不情愿地随船走了，再也没了踪影。

II

贫民窟的小猫徒然地等待着它的妈妈。眼看一上午又要过去了，它已是饥肠辘辘。傍晚时分，一种强烈的求生欲促使它出来寻找食物。它从旧箱子里溜出来，默不作声地在垃圾中前行，所有看起来能吃的东西它都嗅一嗅，但是没找到一丁点儿食物。最后，它爬到通往“日本人”马莱的地下鸟类商店的木制台阶上。门开了一条缝，它走了进去，里面是一个臭烘烘、乱糟糟的世界，四周全是关着活物的笼子。一个黑人懒洋洋地坐在角落里的一个箱子上，他看到有个陌生的小东西进来，便好奇地观察它。它徘徊了几步，走过兔子身边。兔子们对它毫不在意。它来到一只宽条笼子前，里面关着一只狐狸。那位长着毛茸茸尾巴的“绅士”在笼子最里面蹲坐着，眼里放着贪婪的目光。小猫慢慢走近笼子，用鼻子闻了闻，把头伸到笼子里头，又闻了闻，然后头伸向喂食盘。突然，它被蹲着的狐狸一把抓住了。它喵地惊叫了一声，狐狸猛晃了它一下，它便不出声了。要是没有黑人来相救，狐狸一口就会要了这只幸运的小猫的命。黑人手里没有武器，也无法进到笼子里，但他一口唾沫正好吐在狐狸脸上，狐狸扔下小猫，退回原地，闷闷不乐地坐在那里，眼眨巴眨巴的。

黑人把小猫拉出来。小猫被狐狸摇晃后似乎吓蒙了，吓蒙也有好处，有痛也觉不着了。还好小猫好像没伤着，不过着实吓傻了。它站在那里打转转，然后慢慢恢复常态。几分钟后，当卖鸟人“日本人”马莱回来时，它已趴在黑人的膝盖上，打起呼噜来了，显然没有大碍。

“日本人”马莱并不是日本人，他是一个地道的伦敦人，他又圆又平的脸上，两只眼睛略微倾斜着分开。他的真名倒被人忘记了，人们只用“日本人”这个称呼来喊他。他靠卖鸟谋生，他对鸟兽并不很刻薄。他盯着大买卖，知道自己想要什么，但他不想要贫民窟的小猫。

黑人喂了它吃的，然后把它带到一个遥远的街区，把它扔在邻近的废品院里。

Ⅲ

小猫这顿饱餐和其他猫两三天吃的一样多，由于体内储存了大量的能量，小猫活力十足。它绕着堆积如山的垃圾走来走去，好奇地瞥了一眼远处挂在高高窗户上的金丝雀鸟笼子。它又跳上篱笆墙，偷眼瞧了瞧，发现一只大狗，赶紧悄悄地溜下来了。它找了个隐蔽的地方，躺下睡了一个小时。一声轻微的吸气声唤醒了它，它睁开眼睛，只见眼前站着一只大黑猫，眼睛放着绿光，粗脖子、方嘴巴，一看就是先前的那只大黑猫。它脸上有道疤痕，左耳被撕破了，一副凶相。它的耳朵向后动了动，尾巴摇晃着，喉咙里发出的声音不大，但很低沉。小猫天真地朝它走去。它已经不记得黑猫是谁了。黑猫在一根柱子上蹭了蹭嘴巴，然后悄悄地、慢慢地转身走了。小猫最后一眼看到的是它的左晃右晃的尾巴。贫民窟小猫并没有意识到，刚才它是那么地接近死亡，就像当初它冒险钻入狐狸笼子时一样。

夜幕降临时，小猫肚子饿了。它仔细地闻了闻那无形的风，选择了一种最有趣的方式，在鼻子的引导下往前走。废品院的角落里有一个垃圾箱。它发现里面有相当不错的可以用来充饥的东西，水龙头下的一桶水则提供了一个解渴的机会。

晚上主要用来四处游荡和熟悉废品院的地形。第二天，就像先前一样，它在阳光下睡上一整天。日子就这样一天天过去。如果幸运的话它会在垃圾箱里找到一顿好饭，但大多数时候啥也找不到。有一次，它发现大黑公猫在那里，不等它发现自己，它就小心翼翼地把身子缩回去了。水桶一般都在那里，如果被人拎走了，水桶下面的石头之间还会有几汪泥水解渴。但是，垃圾箱就非常靠不住了，有一次，它连续三天在垃圾箱里没吃到东西。它沿着高高的栅栏搜寻，看到一个小洞，就爬了过去，发现自己走在宽阔的街道上。这是一个全新的世界，但在它鼓起勇气再往前走之前，呼地冲过来一只大狗，小猫差一点就来不及跑回栅栏洞里。它饿得头晕眼花，幸好找到一些干巴的土豆皮，这可以暂时缓解一下它强烈的饥饿感。早上它饿得睡不着，到

处找食吃。几只麻雀在院子里叽叽喳喳。它们经常来那儿，但现在它们被一双新的眼睛盯住了。饥饿激起了小猫猎取食物的本能，那些麻雀就是它的猎物。它本能地趴下身子，从一个遮蔽物走到另一个遮蔽物，但那些喳喳叫的鸟儿很警觉，呼啦一下飞走了。它逮了不止一次，而是很多次，除了确认麻雀是逮住就能吃的东西以外，一无所获。

在这倒霉的第五天，贫民窟的小猫又冒险走上街头，拼命地寻找食物。当远离栅栏洞时，几个小男孩向它扔碎砖头块，它惊恐万分地四处躲避。一只狗也加入了追逐的行列，小猫的处境很危险，它跑到一栋房子前的老式铁栅栏那儿，从铁棍间钻过去，狗马上赶上来了。一个女人透过窗户对着狗大喊大叫吓退了狗。然后，男孩们把一块肉扔给可怜的猫咪，小猫吃到了它有生以来最好吃的一顿饭。门廊为它提供了一个避难处。就这样，它耐心地坐在那儿，直到夜幕悄悄降临，才偷偷地回到了那个老旧的废品院。

就这样，两个月过去了。它个子长高了，力

气也大了，对附近地区已经很熟悉了。它非常熟悉唐尼街，每天早上都会在那里的几排垃圾桶寻找食物。它对这里的业主有了自己的看法。街区中的大房子对它来说，最大好处就是那里的垃圾箱里有很多美味鱼鳞。它很快结识了卖肉人，加入到外圈那些羞涩的猫的行列之中。它也遇到过码头狗，以及两三只其他很凶的狗。它知道它们会做出什么事来，也知道如何躲着它们。它很高兴发现了一个新的谋生途径，无疑有几千只猫满怀着期待，每天早晨在送奶人放在台阶和窗台上诱人的牛奶罐旁边转悠。一次，小猫偶然发现了一个牛奶瓶子盖子坏了，它便学着人的样子，扶着瓶子咕咚咕咚地喝了起来。当然，瓶子很多，但不是所有瓶盖都拧得不结实，小猫费尽力气才能找到一个盖子松了的瓶子。此后，它不断扩大搜索范围，一直扩大到街区的核心地带，甚至到了更远的地方。然后它又会回到养鸟人地下室后面院子里的水桶和箱子之间。

老旧的废品院从来就不算是家，在那里它一直感觉自己像一个外来人。可是在这里，它有一种自己是主人的感觉，所以有另一只小猫出现时，它就心怀怨恨。它带着威胁的架势慢慢接近这个新来者。它们俩相对咆哮着，甚至向对方吐口水。这时，从上面窗户正好倒下一桶水，把它们浇成了落汤鸡，结果却有效平息了它们的愤怒。它们俩逃走了，新来者蹿上了墙，而它则逃到了它出生的箱子底下。这个僻静的地方深深地吸引着它，它再次在箱子底下安了家。这里能吃的垃圾并不比别处多，也没有水，但这里经常被流浪的硕大老鼠光顾。它会将这些老鼠弄到手，美餐一顿，而且还交到了一位朋友。

Ⅳ

小猫真正长大了。现在，它成了一只引人注目的颇有老虎气势的猫。它的长相特征是浅灰色皮毛上有些黑色斑纹，鼻子、双耳和尾巴尖上四个白斑点，显得与众不同。它在猫群中算是善于谋生的了，可是还会时不时忍饥挨饿，而捉一只麻雀吃的雄心壮志还没有实现。它很孤独，但一股新力量即将注入它的生活。

八月的一天，猫正在躺着晒太阳，一只大黑猫沿着墙头朝它走来。猫一下从黑猫被撕破的左耳朵认出了它。它迅速溜进箱子，躲了起来。大黑猫小心翼翼地沿着墙头走，轻轻地爬到院子尽头的一个棚子上，正打算翻越屋顶，这时一只黄猫蹿了出来。大黑猫怒目圆睁，对着它狂叫，黄猫则针锋相对。它们的尾巴左右摇晃着，粗大的喉管里发出吼叫声。它们一步步逼近对方，耳朵向后抿着，浑身肌肉绷得紧紧的。

"喵呜——呜——呜！"大黑猫大叫。"呜——呜——呜！"黄猫的声音稍微低沉。"喵呜——呜——呜！"大黑猫叫着，缓慢地向前移动了半英寸。黄猫的回应则是"呜——呜——呜！"大黑猫挺直身子，极为慎重地向前移动了整整一寸。"喵！"黄猫也往前挪动了一寸，尾巴快速地甩着，从一边甩到另一边。

"喵呜——喵呜！"大黑猫厉声尖叫，它看到了黄猫那宽阔的、结实的胸膛，便后退了八分之一寸。周围的窗户都打开了，能听到窗内人的说话声，但猫的战争仍在继续。“呜——呜——呜！”黄猫的声音随着对方声音加大而更加低沉。“呜！”它又前进了一步。

现在它们的鼻子差三寸就碰着了。它们弓起身子，准备扑向对方，但彼此都等待对方先动手。它们就这样不说话，瞪了足足有三分钟。除了尾巴尖抽动几下，它们的身子就像雕像一样，纹丝不动。黄猫又开始低声吼叫了：“呜——呜——呜！”

“喵！”大黑猫尖叫着，试图通过提高声调给对方造成恐慌，但它自己又后撤了十六分之一寸，黄猫则往前移了半寸，它们的胡须现在都搅到一起了。它们再往前一点，鼻尖就对鼻尖了。

“喵呜——喵呜——”大黑猫尖叫着，但它又往后退了三十二分之一寸。黄猫勇士抓住战机，凶神恶煞般扑上去抓大黑猫。

它们滚在一起，又撕又咬，特别是黄猫，更凶猛！它们挥拳互击，相互抓挠，纠缠在一起，黄猫更胜一筹!

它们就这样咬啊，打啊，一会儿是黑猫在上，转眼又是黄猫在上，大多数情况下黄猫在上。它们滚呀滚，最后滚下屋顶，窗户里传来一阵欢呼声。它们一秒钟不到又摔到了垃圾场上。它们在此过程中，还在不停厮打、抓挠，尤其是黄猫。它们摔倒在地后仍在打，渐渐地黄猫占据了上风。最终，它们分开了，两个都受了不少伤，特别是大黑猫！它爬上了一堵墙，血滴答滴答往下淌，呻吟着逃走了。消息不胫而走，壮硕的大黑猫兰德最后被凶猛的大黄猫比利给打败了。

不知是黄猫擅长找东西，还是贫民窟猫没藏好，黄猫还是在一堆箱子中间发现了它，它也忘记了跑掉，可能是因为它目睹了那场战斗。再没有比辉煌的成就更能赢得雌性的芳心的事了，至此之后，黄猫和贫民窟猫成了非常要好的朋友，它们不是分享彼此的生活或食物（猫那样做的时候不多），而是相互承认对方有资格享有特殊的友好待遇。

V

九月已经过去，昼短夜长的十月来临了。这时，旧箱子里发生了一件事。如果大黄猫比利来这儿的话，它会看到五只可爱的小猫咪正蜷缩在它们的妈妈——贫民窟猫的怀抱里。对猫来说，这是一件幸福的事情，它拥有了做妈妈能感受到的所有幸福、所有喜悦。它爱它们，温柔地舔着它们，假若它以前从未想过这些事情，那现在的一切对它来说就是个惊喜。它为自己毫无快乐可言的生活增添了乐趣，但它也为自己本已沉重的生活又增加了一副重担——照顾后代。现在它全部的精力都用在觅食上。小猫咪一天天长大，负担随之增加。孩子们六个星期大以后，当猫妈妈不在时，它们便整天在箱子周围爬来爬去。“麻烦成堆，好运如线”，这是贫民窟里人人皆知的一句话。猫妈妈曾在两天没吃东西的情况下，与狗有过三次交锋，还被马莱的黑人用石块砸中过头。接着好运来了，第三天早上，它找到了一个没有盖子的装满牛奶的罐子，接着成功地从一只在手推车那领肉片的猫口中抢到了肉片，然后又找到一个大鱼头，这一切都发生在两小时之内。它填饱了肚子，心满意足地回来了。这时，在垃圾场里它看见一个褐色的小动物。狩猎的记忆重新找了回来。它不知道那是什么东西，但它凭着咬死过吃过几只老鼠的经验分析，这显然是一只大老鼠，只是长着短尾巴、长耳朵。猫妈妈蹑手蹑脚地靠近它，非常小心，但确实没必要，原来是只小兔子。小兔子只是坐在那里，看起来有些开心。它没打算跑，猫妈妈蹿出来，扑上去，把它逮住了。由于猫不饿，把小兔子叼到饼干箱里，丢在小猫中间。小兔子没大受伤，它克服了先前的恐

惧，由于无法走出箱子，只好蹲在小猫中间。当小猫咪开始吃晚餐时，它也想跟着吃。猫妈妈有些困惑。猫狩猎的本能一直占主导地位，但没有饥饿感拯救了兔子，给了猫妈妈展现母性的机会。结果，兔子成为猫家庭中的一员，从那以后，受猫妈妈保护，和小猫一起吃喝。

两个星期过去了，小猫们趁妈妈不在的时候在箱子里打闹。兔子无法跳出箱子吓得乱蹦。吵闹声把“日本人”马莱吸引过来，马莱看到后院的小猫们，就叫来黑人拿枪射杀它们。这一天早上，他用一支22毫米口径的步枪，一枪一个，直到小猫们纷纷坠进木材堆的缝隙里。这时，猫妈妈从船坞那边沿着墙根跑来，嘴里衔着一只码头上逮的老鼠。“日本人”本来也准备射杀它，但看到它嘴里衔着的老鼠又改变了主意：会逮老鼠的猫还是值得让它活下去。这恰好是它第一次给小猫们抓老鼠，也是这只老鼠救了它一命。猫妈妈穿过木材堆，来到箱子旁，叫了一声，可是发现没有一只小猫迎出来，它迷惑不解。兔子可不愿意与它分享那只老鼠。猫妈妈蜷缩起来，看护着兔子，也不时召唤小猫。黑人听见动静，悄悄地走过来，发现箱子里面又有只猫，还有一只活生生的兔子和一只死老鼠，他大吃一惊。

猫妈妈向后抿着耳朵，怒吼一声，黑人退了回来。但一分钟后，饼干箱的底下伸进了一块木板，猫窝和它的“房客”，不管死的活的，都被黑人拿了过去，扔进了卖鸟人的地下室里。

“看，先生，看看，我们丢了的小兔子在这儿呢。你应该想到是这只猫偷了我们的兔子，还养起来了。”

猫和兔子被小心地放入一个大的金属笼子里，被渲染成一个幸福的家庭进行展出。直到几天后，兔子得病死了。

这只猫在笼子里从来没快乐过。虽然它现在不愁吃不愁喝，但它渴望的是自由。在四天的囚禁时间里，它没事就一遍遍地舔舐它的毛发，舔得精光溜滑，它与众不同的毛色被“日本人”注意到了，他决定继续饲养它。

生命的第二阶段

Ⅵ

声名狼藉的“日本人”马莱，其实非常穷，平日里在地下室廉价出售金丝雀鸟。那个黑人叫塞米，他之所以和马莱住在一起，是因为“日本人”愿意分担塞米的食宿费，两人之间是少有的平等关系。“日本人”按照他自己的价值标准来衡量自己，认为自己绝对实诚，但他本身从来就没有过任何价值。众所周知，他的主要收入来自偷猫摸狗，把它们喂上几天，然后再归还给它们的主人，借此索取酬金。那几只金丝雀只不过是他的障眼法，掩人耳目的。然而，“日本人”对自己有信心。当一些小小的伎俩得逞后，他那见不得人的内心便膨胀起来，他会说：“嗨，塞米，告诉你，你会看到我就要有自己的马了。”他并非没有雄心壮志，只是刚有个苗头，便一闪而过，无影无踪。他有时希望大家称他为梦想家。有一次他突发奇想，想把那只猫拿到纽约市的宠物展上去展览，主要有三个不便明说的原因：第一，可以实现他的“雄心壮志”；第二，能免费参展；第三，觊觎那些名贵的猫。“好吧，你应该明白，你去参展，应当懂些名贵的猫的知识。”塞米说。但这是一个上流社会的展览，参展需要介绍参展猫的血统身世，他那只可怜的据说还是混血的波斯猫，连参展的资格都没有。报纸的“失物招领”栏目是“日本人”唯一感兴趣的栏目，他注意到并保存了一张“为了毛皮而饲养动物”的剪报。被他张贴在地下室的墙上，在剪报的影响下，他决定对这只猫做一个看上去很“完美”的改造。首先，他把脏兮兮的它浸在化学药水里，杀死它身上的虱子跳蚤之类的寄生虫。然后，又用肥皂在温水中彻底把它洗干净，尽管在这过程中那猫会用牙齿咬，用爪子挠，还大叫，发了疯似的撒野，但当它在炉子附近的笼子里把毛烤干之后，它的皮毛开始蓬松起来，软软的，亮亮的，暖暖的，那猫看上去容光焕发。“日本人”和他的助手对结果非常满意，猫就应该是这个样子！但这只是为实验做的准备工作。剪报上说："没有什么比吃大量油性食物和持续暴露在寒冷天气中更适合动物毛皮生长了。"

冬天在即，"日本人"把装着猫的笼子拿到院子里，但是不能让雨淋着它，不能让风直接吹着它，然后喂它油哄哄的蛋糕和鱼头，只要它吃得下，就不停地喂。一周后，变化初现。它开始变得丰满，身上滑溜溜的，除了长肉和舔舐皮毛，猫无所事事。它的笼子一直打扫得很干净，猫对寒冷的天气和油性食物做出反应，皮毛日渐长得更浓密厚实、更有了光泽。隆冬时节来临，它变成了一只异常美丽的猫，胖乎乎的，毛茸茸的，可以说，举世罕见。"日本人"对改造的结果非常满意，一点小小的成功便对他产生了奇妙的作用，他开始梦想踏上荣耀之路。为什么不把这只贫民窟猫送去参加将要举行的展览呢？

前些年的失败使他更加注重细节。"你知道，塞米，我不会让它以流浪猫的身份去参展。"他对他的助手说。"纽约展会怎么要求就怎么来。你要知道，起个好名字最重要了。你看，名字里最好有

‘皇家’之类的字眼，展览会还没有‘皇家’什么，就叫‘皇家迪克’或‘皇家山姆’，如何？可是，这些都是公猫的名字。哦，塞米，你出生在什么岛？”

“哦，先生，我出生在阿纳罗斯坦岛附近。”“哦，很好，就叫‘阿纳罗斯坦皇家猫’，天啊！展览会唯一一只纯种的‘阿纳罗斯坦皇家猫’，这名字不好吗？”说完，他们俩咯咯笑起来。

“你要明白，我们还得弄个猫的家谱。”所以，他们用人们能辨认出的有些残破的文字，杜撰了一个源远流长的家谱。一个阴沉的下午，塞米戴着借来的丝绸帽子，把猫和那份假家谱送到展览会门口。塞米挣足了面子。他原是第六大道的理发匠，他在五分钟之内装出来的傲慢自大、盛气凌人的气势比“日本人”一辈子所能表现出来的还要多，这无疑是“阿纳罗斯坦皇家猫”在猫展上受到恭敬接待的原因之一。

“日本人”终于实现了成为一名参展商的梦想，他感到非常自豪，但他满脑子都是对上层阶级的崇拜。开幕当天，他走到门口，看到从未见过的一排排的豪华马车和各式丝绸帽子，他有点眩晕。门卫盯着他看，验了验票，让他进去了。不消说，一定是门卫把他当成哪位参展商的车夫了。展览大厅里，长长的几排笼子前铺着天鹅绒地毯。“日本人”还是要耍他的小聪明，偷偷地沿着边上的几排笼子往前走，瞅一瞅各色猫儿，他注意到这些猫脖子上分别系着蓝丝带、红丝带。他四处窥探，但不敢打听自家的展品在哪儿。同时，他心里嘀咕，如果他们识破了他的花招，这场华丽时尚展会的负责人会如何反应呢。他在外面过道上走来走去，看到许多猫获奖，但没有发现他的猫。内部通道更是拥挤。他想方设法挤过去，但仍然没找到。他想，也许参展就是个错误，评委不会看上他的猫。没关系，他有参展的门票，不会就此罢休。他终于打听到了在哪里可以找到那几只身价不菲的波斯猫和安哥拉猫。

中间的通道才是最上等的猫。那里有一大群人，通道用绳子拦住，有两名警察站在那儿，指挥着人流向前移动。“日本人”混在他们中间，他太矮了，无法看到远处，虽然身着华服的参展商尽力躲着他破旧的衣服，但他还是无法靠近，从人们的评论中，他知道展览的精华部分就在那儿。

“哦，真漂亮啊！”一个高个子的女人惊叫道。

“真是与众不同，鹤立鸡群！”有人附和说。

“只有经过几代最优雅的环境才能造就这气质啊！”

“我多想拥有这高贵的猫啊！”

“真高贵，真优雅！”

“我听说，它有真实可信的家谱，几乎可以追溯到法老年代。”贫贱、肮脏的“日本人”惊叹自己脸皮厚度，能把一只贫民窟的猫送到这样一群人当中展览。

“对不起，夫人。”展会的负责人也在场，他侧身挤过人群，说：“《体育元素》的画家在这儿，受命要为‘本次展会的珍品’画张素描，你们能往边上站站吗？好的，谢谢。”

“哦，先生，你能讲讲情，让猫主人把那美丽的猫咪卖给我好吗？”

“嗯，我不知道行不行。”他回答道，“我只知道他是个富豪，根本接近不了他，但我会试试，我会试试的，夫人。他根本不愿意展出他的宝贝，我是从他的管家那里了解到这些情况的。这边，你，闪开道！”衣着破旧的“日本人”急切地想在画家和高贵血统的猫之间往前挤的时候，负责人厉声喝道。但是，这个不光彩的人可不在乎这些，他只想知道在哪里可以找到他那只价值不菲的猫。他靠近笼子看了一眼，上面挂着个牌子，牌子上写着：“纽约上流社会猫和宠物展蓝丝带、金牌授予纯种的阿纳罗斯坦皇家猫，它由著名宠物爱好者J. 马莱先生引进并展出（恕不出售）”。“日本人”喘了口气，又瞪大眼睛看了看。是的，就在那里，高高的镀金笼子，笼子底下铺着天鹅绒垫子，旁边有四名警察把守，它的皮毛呈黑色和浅灰色，浑身发亮，它蓝色的眼睛微微闭着，对，是他的贫民窟猫，一副无聊得要死的样子。众人对自己的大惊小怪，它既不喜欢，也不理解。

Ⅶ

“日本人”在笼子边徘徊了几个小时，倾听着人们的赞美之词，品味着一生从未有过的、梦里少见的荣耀。他盘算着，自己还是不暴露身份为好，就让他的“管家”塞米打理这一切吧。

贫民窟猫在展览上大获成功。“日本人”期待猫的身价每天都会升高，但他不知道别人对猫咪到底出价多少。当他的“管家”授权展会负责人以一百美元的价格出售“阿纳罗斯坦皇家猫”时，他认为那是个创纪录的最高价了。

就这样，贫民窟猫从展厅被转移到第五大道一座大厦里。起初，它展现出一种莫名的野性。它绝不让人碰一指头，大家认为是它有贵族血统，不喜欢让人亲近。它从人大腿上蹦到餐桌中央，家里人就说，它从小就这样，不让摸，怕弄脏了身子。它攻击宠物金丝雀，家里人原谅它，是因为他们认为它在岛上出生，强横惯了。它从牛奶罐里拿下盖子的优雅方式尤其受到大家赞扬。它不喜欢它的丝绸衬里的篮子，它经常撞向玻璃窗，这些也很容易理解：篮子太普通了，玻璃在它的皇室之家肯定没用过。它弄脏地毯，证明了它的独特思维方式。它几次在高墙大院内抓麻雀都没抓着，是它在皇家长大，啥事用不着它干的新证据。它经常光顾垃圾箱，人们也理解它，这是可原谅的出身高贵的猫的小怪癖。它被喂养被宠爱被展览被赞扬，但它不开心，猫想家了！它抓着脖子上的蓝丝带，一把拽了下来。它往外走，头一下子撞到玻璃上，因为它认为，那就是通向外面的门。它躲着人和狗，因为它们总是怀有敌意，且异常残忍。它常常坐在那儿，盯着窗外的屋顶和后院，希望自己出现在那里，换个环境。

但是它被严密监视着，从来不允许走出大门——当它在室内享受这些“快乐”时，所有那些在外面垃圾桶度过的快乐时光都只能靠回忆了。三月的一个晚上，“阿纳罗斯坦皇家猫”瞅准机会溜出了门，从人们的视线中消失了。

不用说，它的消失引起了轰动，但是，猫咪

既不想知道也丝毫不关心，它就一个想法：回家。可能是命运之神垂顾，它又踏上了前往格拉默西格兰奇山的路，它在经历了种种小磨难之后终于到了那里。现在怎么办？它没有了原来的家，断绝了生活来源，看来要忍饥挨饿了，然而它有一种说不出来的幸福感。它在花园里趴了一大会儿，一阵阴冷的东风吹来，给它带来了一个好闻的味道。人们会说那是船坞的难闻的气味，但是对猫来说，却是倍感亲切的来自家乡的味道。它沿着长街向东一路小跑，穿过花园的围栏，一下子停下来，像尊雕像一样立在那儿。然后它沿着较暗的一侧穿过大街，最后一直走到船坞，来到水边。但这个地方很奇怪，它既可以往北走，也可以往南走。凭直觉，它还是往南拐了。它在船坞之间左躲右闪，还要避开狗、马车和其他猫，绕开海湾弯弯曲曲的港湾和整齐的木板栅栏。一两个小时后，它又见到了熟悉的场景，闻到了久违的气味。在太阳升起之前，它已经爬了回来，带着满身疲惫，忍着脚痛，从原先栅栏上的旧窟窿里穿过，翻过一堵墙，来到卖鸟人地下室后面的垃圾院里，回到了它出生的那个饼干箱里。

哦，如果第五大道的那家人在它的出生地看到它就好了！

经过长时间的休息后，它悄悄地从饼干箱上下来，走向通往地下室的台阶，又像以往一样，开始寻找吃的。门开了，黑人塞米站在那里，他向里面的卖鸟人喊道：

“喂，先生，快来啊。这不是那可爱的‘阿纳罗斯坦皇家猫’吗？它回来了！”

“日本人”赶紧跑过来，看到猫跳上了墙。他们用最具诱惑力的、最具诱骗性的语调朝它大喊：“猫啊，猫，可怜的猫！下来吧！”但猫咪对他们没有好感，一转身，又去往日常去的地方觅食了。

“阿纳罗斯坦皇家猫”给“日本人”带来了意外之财——地下室增添了设施，给笼子里的几名囚犯改善了生活条件。现在最重要的是重新捕获“女王陛下”。不新鲜的肉渣和其他看上去不错的诱惑物放到了地上，那猫又被饥饿所驱使，蹑手蹑脚爬向陷阱——一个放着大鱼头的箱子。黑人在一旁耐心看着，看到猫探头要吃，猛地拉了一下绳子，箱子盖便扣下了。一分钟后，“阿纳罗斯坦皇家猫”再次身陷囹圄，出现在地下室里的囚犯中间。与此同时，“日本人”一直在看“失物招领”栏，上面有“酬金25美元”等等。当天晚上，马莱先生的管家带着失而复得的猫来到第五大道的那户人家。“先生，马莱先生向您致以您亲切的问候。阿纳罗斯坦皇家猫回到了它原来的主人家。马莱先生十分高兴，将阿纳罗斯坦皇家猫即刻奉还。”当然，马莱先生是不会出面接受酬谢的，但管家塞米可以接受任何报酬，并清楚地表明，他期待除了得到报上承诺的酬金外，还会有其他一些东西。

从那以后，猫被严加看管起来。但是，它并没因此厌恶旧日忍饥挨饿的生活，相反，它为自己那自由自在的生活感到高兴。它不安于现状，性格更加狂野了。

Ⅷ

纽约的春天，一派生机盎然。小麻雀在排水

沟里叽叽喳喳，你争我吵，你逗我闹，弄得满身是泥。在一些区域，猫彻夜号叫着。第五大道的一家人正准备去他们的乡间别墅。他们收拾好行装，关好了门窗，去往五十里外的避暑别墅，而猫则被装在篮子里，和他们同行。

"它现在这种状态正好需要换换空气，换换地方，让它离得它以前的主人远远的，让它幸福快乐起来。"

篮子被装进一个隆隆作响又摇摇晃晃的东西里。新的声音和气味不断传进来又跑出去。路上拐了个弯，嘈杂的脚步声，篮子晃来晃去，晃得更厉害了；稍微停了一会儿，又拐了个弯，然后是咔嗒声，碰撞声，刺耳的口哨声，大门丁零零的门铃声，隆隆声，嘶嘶声；刺鼻的气味，令人讨厌的气味，越来越讨厌、可憎的、呛人的气味，致命的、让人反胃的、有毒的臭味，嘈杂声淹没了可怜的猫的号叫，就在它忍无可忍之时，随着咔嗒声和噼啪声，它心里一阵轻松，看到了外面的阳光，终于呼吸到新鲜空气了。一个男人喊道："都下来吧，125

号大街到了。”当然，对猫来说，这只不过是人发出的声音而已，它听不懂。嘈杂声慢慢消失了。后来，伴随着各种声音和不断摇摇晃晃，是烦人的碰撞声。一声长长的、空旷的、低沉的轰鸣声，还有令人愉快的船坞的气味，紧接着被抛在身后，然后是不停的颠簸、轰鸣声、刺耳的声音、走走停停、咔嗒声、噼啪声、各种气味、颠簸、新的气味、更多的颠簸——大的颠簸、小的颠簸，烟味、尖叫声、门铃响、脚步声、轰鸣声、隆隆的响声，夹杂着新的气味、叩击声、拍打声、喘息声、隆隆声，又有新的气味，但都没有让人感觉前进方向变了。马车终于停了下来，透过篮子盖的缝隙，猫看到太阳在闪闪发光。“阿纳罗斯坦皇家猫”被抬进一个老式的轰隆隆响且颠来颠去的东西里，然后拐了个弯，继续前行。很快，它的车轮发出吱嘎吱嘎声和咔嗒咔嗒声，又有新的可怕的声音——大大小小的狗咬声越来越近，让人害怕。篮子被提起来，猫终于到达它的目的地——乡间别墅。

每个人都显得很殷勤，他们都想取悦这只猫，但不知何故，除了那个大个子的胖厨师，他们都没成功。有一天，猫溜达进厨房，感觉和他有种熟悉感。因为，这个油哄哄的人身上的气味闻起来比它几个月来遇到的其他任何东西更像贫民窟的味道，自然而然被他吸引住了。厨师在得知大家担心猫待不住时，说："肯定行，它肯定想留下来。我有办法，让它舔舔它的皮毛，它就像到了家一样。"因此，他颇灵巧地把那高傲得让人无法接近的"阿纳罗斯坦皇家猫"捉到了围裙里，并犯下了可怕的亵渎罪，把灌装的油脂抹到了它的脚底上。当然，他这样做猫很反感——它怨恨这里的一切。但一旦安静下来，它开始梳理自己的爪子，对那油脂明显感

到满意。它舔四只脚丫舔了足有一个小时，厨师高兴地宣布，现在“它肯定要留下来”。它是留下来了，但它对厨房、厨师和垃圾桶表现出的特殊偏好令人无法接受，甚至让人惊讶。

这一家人虽然为猫这些特殊的癖好而苦恼，但欣慰的是看到“阿纳罗斯坦皇家猫”对目前生活感到满意，也更容易接近了。一两个星期后，他们给了它更多行动自由。他们为让它免受一切威胁，几只看家狗也被教导要尊重它。这家的大人、小孩做梦也想不到，以前会有人向这只著名的出身高贵的猫扔石头。它想吃啥就吃啥，但看起来还是不开心。它似乎渴望得到许多事情，但不知道究竟渴望什么。是的，它现在拥有一切，但它好像还是缺少什么东西。是的，它有吃有喝，但是当你可以在碟子上想喝什么就有什么的时候，牛奶的味道就变了。当你饥渴难耐时，那一定是从铁皮桶里偷来的才好，否则，没有强烈刺鼻气味的牛奶，就算不上是牛奶。

房子后面有一个垃圾场，旁边还有一个大的，但是都被玫瑰花的香气毒害和污染了。马和狗的气味也少了很多。整个周围的一片变成了一个由毫无生机、恶心的花园和干草地构成的令人讨厌的沙漠，满眼没有一户人家，一个烟囱也没有。它是多么讨厌这里的一切！唯一的一丛灌木，还是长在一个不惹人注意的角落里。它非常喜欢用爪子踩灌木枝，在树叶上打个滚。这是这个花园的一个亮点，也只有这一个亮点。它在这里，从来没找到过一个腐烂的鱼头，也没碰到过一个真正的垃圾桶，总之，这地方是它所见过的最不可爱、最没有吸引力、最没东西可闻的地方。如果它有行动自由，那它第一天晚上就会逃走。获得自由这都是后话了，是几个星期以后的事。与此同时，它和厨师之间已经形成一种感情的纽带，所以它留了下来。但是，在度过了一个闷闷不乐的夏天之后，一连串的事情又重新燃起了它归家的渴望。

从码头卸下的一大捆东西已经运到了主人的乡村豪宅。里面东西虽然不多，但它散发着十多种最刺激、最具诱惑力的码头和贫民窟的味道。记忆留在了猫的鼻子里，而它的身世则被一种危险的力量揭开。第二天，厨师由于这捆东西惹出了事，他把打包绳剪断了。那天晚上，家里最小的男孩，一个令人讨厌的小美国人，不懂得欣赏“皇家猫”，用打包绳把一个铁皮桶绑到那只高贵的猫的尾巴上，并给猫爪子戴上了五个大鱼钩，毫无疑问，他在做一个无私的试验。猫却对他随意摆弄自己的爪子不满，突然挠了他一下。小男孩号啕大哭，哭叫声惹怒了他母亲。她抓起一本书，迅速而不失温柔地朝猫扔过去，但被猫不可思议地躲开了。接着，猫往楼上逃。通常老鼠被追，往楼下跑；狗被撵，在平地上跑；猫被打，则往楼上窜。它躲在阁楼里，不想被人发现。等到夜幕降临后，它滑下楼梯，逐一推推房门，看哪个开着，直到它发现一个未被闩上的门，急忙撞门而逃，逃进了八月的茫茫夜色中。对人来说黑魆魆的夜，在猫眼里就是灰色的，它走到灌木丛和花坛跟前，最后抓了一下小灌木丛，那里毕竟是花园里最吸引它的地方，然后，无所畏惧地踏上了回家的路。

它怎么能顺着它从未亲眼见过的来时的路走呢？所有动物身上天生拥有某种方向感。而人的方向感不好，马的很强，但猫有一个强烈的直觉，这个神秘的直觉指引它往西走，方向对不对，它不很清楚，也不很确定，但直觉告诉它是对的，因为那条道很好走。一个小时后，它已走了两公里，到达了哈德逊河。它的鼻子已经多次告诉它，这条道是对的。熟悉的气味一波一波袭来，就像一个人在陌生的街道上走了一段路后，也许想不起一个标志物，但一旦看到，马上就回忆起那条街道原来的样子。“嗯，对，我以前见过它。”所以猫走路，主要靠嗅觉指引方向感，是它的鼻子一直在鼓励它：“是的，现在你是对的——我们去年春天路过了这个地方。”

河边有铁路。它不能走水路，它必须往北走或往南走。它的方向感准确地告诉它：“往南走吧。”猫于是就沿着铁轨和栅栏之间的小路往前奔跑。

生命的第三阶段

Ⅸ

猫爬树或爬墙都爬得快，但要是让它一直走远路，猫就不行了，狗可以。虽然一路走来还好，路也直，但一个小时过后，猫离开那片玫瑰地狱后才走了两公里路。它累了，脚有点痛。它正想休息休息，一只狗跑到它身后的栅栏边，并在它耳边一阵狂吠，猫吓得跳起来。它不要命地往前跑，不时回头看看狗能否跳过栅栏。不，还没有！但它快跳过栅栏了，叫声吓人，而猫在栅栏另一边上蹿下跳地跑着。狗的叫声转而变成隆隆声，声音越来越大，越来越高，最后简直就是骇人的雷声。一束强光瞬间一闪。猫回头仔细看一眼，不是狗，而是一个巨大的黑影，一只闪着亮光的红眼睛呼啸而来，呜呜叫着，喘着气，像满院子的猫一齐叫那样。它使出浑身的力气跑啊跑，它从来没跑这么快过，但不敢跳过栅栏。它像狗一样奔跑，像飞一样跑，但都徒劳无功。凶神恶煞般的追兵追上了它，但没有去抓它，而是从它身边匆匆而过，消失在夜色中。猫累得蹲在那里，直喘粗气，从听到那只“狗”叫到现在，离家又近了半公里。

这是它第一次遇到这样的怪物，怪物只是对它的眼睛而言，它的鼻子似乎认识它，并告诉它，这是回家路上的另一个里程碑。但是，渐渐的，猫见它见多了，恐惧感就少了。猫发现它们很笨，如果它悄悄地溜到篱笆下，静静地躺在那儿，它们就找不到它了。天明之前，猫又遇到了几次，都安然无恙地躲过了。

日出时分，它路过一个不错的小贫民窟，幸运地在垃圾堆里找到了一些未经消毒的食物。它在一个马厩旁歇了一天，在那里，两只狗和几个小男孩差点要了它的命。这个贫民窟很像它的家，但它没有留在那儿的想法。在心中渴望的驱使下，第二天晚上它一如既往地出发了。它曾一整天都能看到独眼的轰隆隆的怪物打身边经过，它对此已习以为常，所以整个晚上都在不慌不忙地走。第二天，它在谷仓里抓住了一只老鼠，晚上一样顺利，只是它遇到一条狗，追着它往回跑了很长一段路。有好几次，它在岔路口拐错了，误入歧途，不过，它又及时掉头返回来了，又踏上了往南的路。白天它在谷仓周围潜行，防着狗和小男孩，夜晚沿着铁路轨道一瘸一拐往前走，因为它的脚都走疼了。它走了一公里又一公里，向南，一直向南——狗，男孩子，轰鸣的怪兽，饥饿——狗，男孩子，轰鸣的怪兽，饥饿——然而，它还是一直往前走，它的鼻子不时自信地报告："肯定有我们去年春天路过时的气味。"

X

一个星期过去了，猫到达哈莱姆桥，身上脏乎乎的，蓝丝带也跑丢了，脚又疼，一身疲倦。虽然它被各种香味包围着，但它不喜欢那座桥。有半个晚上的时间，它在桥附近徘徊，除了几座桥，再找不到其他南去的路。这儿也没有让它感兴趣的，这里的人像小男孩一样危险。不知何故，它不得不折回大桥，不仅是因为它的气味是熟悉的，而且，当一只眼的怪物从桥上驶过时，不时传出奇特的隆隆的轰鸣声，给它一种在春天旅行的感觉。深夜，周围一片寂静，它跳上一根长轨，想从水面上滑过去。走了还不到三分之一，一个独眼怪物雷鸣般地从对面呼啸而来。它很害怕，但知道它们很愚蠢，睁眼瞎，它跳到下面一个侧梁上，蹲下，藏了起来。当然，愚蠢的怪物没撞着它，跑过去了，看起来平安无事了，但怪物又转了个身，要么就是另外一个，突然来到它身后，喘着粗气。猫跳到长轨上，往家的那条岸上跑。要不是第三个红眼怪物怪叫着向它扑来，它很可能就到岸边了。它向前飞奔，但被夹在两个怪物之间。它毫无办法，只有奋不顾身地猛地往下一跳——接下来会发生什么，它就不知道了。

向下，一直向下，扑通一声，水花乱溅，它掉进深水之中。不冷，八月天。但是，太可怕了！它浮上水面，嘴里吐着水，呛得它直咳嗽。它四下里看了看，看看怪物们是不是在它身后游了过来，然后奋力向岸边游去。它从未学过游泳，然而它还是游起来了，原因很简单，猫在游泳时的动作与走路时的动作几乎一模一样。它掉进了一个危险的地方。很自然，它想游出去，结果是，它游上了岸。哪个岸？爱家的猫从来不会错的。南岸是它唯一要去的河岸，一个离家最近的河岸。它爬上去，浑身湿漉漉的。它走在泥泞的河堤上，走过煤堆和土堆，结果一身黑，灰头土脸的，一点“皇家猫”的样子也没有了。

惊吓算是过去了，猫很快缓过神来，感觉好多了。猫没洗澡却容光焕发，内心充满胜利的自豪感，它不是靠智慧战胜了三个大怪物吗？

它的鼻子、它的记忆、它的方向感，促使它再次上路，但轰隆隆滚滚向前的怪物却总是在此地出没，还是谨慎点好。它转身顺着堤岸走，上面的麝香味时刻提醒它家在何方，因此，它没有走隧道，避免带来难以言说的恐怖。

三天多的时间里，猫知晓了码头的多重危险性和复杂性。有一次，它误上了渡船，被载到长岛。但它第二天又早早地坐船回来了。最终，在第三天晚上，它到达了熟悉的地面，这是它第一次逃跑时过夜的地方。接下来路怎么走它就有数了，路上也走得快了。它知道自己要去哪里，怎么走，记下上次被狗追赶时一路上比较明显的标志。它走得更快了，心里更高兴了。过一会儿，它就会出现在自己的出生地——垃圾场里了。又转了一个弯，街区映入眼帘。

什么？不见了！猫不敢相信自己的眼睛。但它必须趁天未亮弄清楚，现在太阳还没有升起。从前那些高高矗立的、歪歪斜斜的、低矮的、零落分布的房子现在变成了满是碎石、木头和大坑小坑的一大片荒地。

猫绕着它走了一圈。它凭方位和人行道的颜色知道哪里是它的家，哪里住着卖鸟人，哪里有垃圾场，可是都不见了，完全消失了，也带走了它熟悉的气味。此时猫心痛不已，完全绝望了，对这地方的爱萦绕在心间。它放弃了一切，费尽周折回到一个不复存在的家，它先前坚强的信念被击倒了。它静静地徘徊在垃圾堆上，找不到栖身之所，也找不到吃的。废墟从河流那里向后一直延伸了几个街区。这不是火灾造成的，猫曾经见过火灾啥样，这更像是一群红眼怪物的作品。猫对此地即将修建桥梁一无所知。

太阳升起来了，它想找个安身之处。一个相邻的街区依然矗立在那儿，猫赶紧走过去。有些街道它熟悉，但一旦到了那儿，就吃惊地发现那里已经猫满为患，都是像它一样失去家园、被迫赶过来的猫。每个垃圾箱旁都围着几只猫，这意味着发生了饥荒。它在那儿忍受了几天后，不得不再去寻找它在第五大道的另一个家。它到了那里，发现大门紧锁，空无一人。它等了一天，与一个穿着蓝色外套的大个子发生了点不愉快，第二天晚上又回到了拥挤不堪的贫民窟。

九月和十月过去了，许多猫不是饿死，就是因身体太虚弱死于天敌攻击。但这只猫，年轻力壮，活了下来。

荒废的街区也发生了巨大变化。虽然它第一次见到这个街区时恰逢晚上，很静，但第二天白天挤满了乱哄哄的工人。一座楼在它回来时已盖得很高了，十月底便竣工了。在饥饿的驱使下，这只猫偷偷地走到一个黑人放在楼外面的桶前。不幸的是这不是垃圾桶，而是该地区的新生事物——净化桶。桶令它伤心，令它失望，但有一点让它安慰——桶的把手上有它熟悉的气味。正当它研究桶时，那个开升降机的黑人出来了。尽管他穿着蓝工作服，但他身上的气味证实了猫对桶把手气味的好印象是正确的。那猫已经退到街对面，他还盯着它看。

“那不是‘阿纳罗斯坦皇家猫’吗！过来，猫咪，猫咪，猫咪——！过来，猫咪！我想你饿坏了吧。”

饿！它已经好几个月没正儿八经吃过一顿饭了。黑人塞米走进大楼，把自己的午餐拿了出来。

“过来，猫咪，猫咪，猫咪，猫咪！”这看上去、听起来似乎很友好，但猫对他将信将疑。最后，他把肉放在人行道上，转身回到大门口。那猫非常警觉地跑过来，闻了闻肉，然后衔在嘴里，像只小老虎叼着胜利品跑去，寻找个安静的地方慢慢地享用。

生命的第四阶段

XI

这是一个新时代的开始。每当它饥饿难耐时，猫都会来到楼门口，对塞米的好感也与日俱增。猫以前从来没有真正了解过这个人，认为他似乎总是对它怀有敌意。现在他成了它的朋友，它唯一的好朋友。

有个星期它运气特别好，连续七天顿顿有好饭吃。最后一餐吃到最后时，它发现了一只汁多肉美的死老鼠，真正的好东西，发了个意外之财！它一生中从未真正杀死过一只成年的老鼠，它把战利品叼在嘴里，想把它藏好，以便将来饿了吃。它正穿过新大楼前的街道，这时它的宿敌出现了——码头狗，猫自然而然地退到它朋友所在的楼门口。就在它靠近门口时，塞米正为一个穿着体面的人开门，两人都看到了猫和它的战利品。

“你看，看看那只衔着大老鼠的猫！”

“是啊，先生，”塞米回答，“那是我的猫，老

鼠都怕它，先生！周围的老鼠都被它给清理掉了，这就是它为什么瘦的原因。”

“好吧，别饿死它了。”那人以房东的口吻说，“难道你不喂它吗？”

“那个卖肉人会按时喂猫，但一周需交两角五分钱，先生。”塞米说道，他心里很明白，他有权为自己的这个“想法”赚到额外的钱。

“好的，我能承受。”

Ⅻ

“卖肉了！吃肉了！”当听到卖肉人那极富磁性的、能把猫变魔术般变出来的喊声出现，当他把手推车推上焕然一新的斯克林姆坡小巷时，猫还是像从前一样，你推我搡挤过来，来领属于它们的那份肉。

黑猫、白猫、黄猫和灰猫需要记住，但更重要的是，要记住它们的主人。当小推车转过新大楼附近的街道拐弯时，它新增了一个停靠点。

“闪开，你们这帮混蛋。”卖肉人喊道，他挥舞着棍子，为蓝眼睛、白鼻子的灰猫开路。那只幸运回归的猫拿到了超大份的一块肉，因为卖肉人已经精明地事先把肉分出了一些。这只猫领到了它每天的份饭，回到大楼的掩蔽处，这儿是它的归属地。它已经进入了生命中的第四个阶段，未来的幸福生活是它想都没想过的。起初，它诸事不顺，现在它事事顺心。不由让人猜测，它是不是闯荡过几次，眼界开阔了？现在这只猫知道自己需要什么，最终也得到了。它实现了它长久以来的梦想，趁麻雀们在排水沟里做殊死搏斗时，它抓了不是一只，而是两只！

没有理由认为这只猫又去抓老鼠了，但塞米替它逮了一只老鼠，目的是给别人看的，不然他的额外“年金”就有危险了。死老鼠一直在大厅里放着，直到房东回来，塞米才带着歉意把它打扫了。

“啊，又是那只猫，先生，那只‘阿罗斯坦皇家血统的猫’，老鼠怕它怕得要死。”

从那以后，这只猫生了好几窝小猫。塞米认为黄公猫是它们当中一些猫的父亲。毫无疑问，塞米是对的。

他卖过这只猫很多次，他问心无愧。他知道，“阿纳罗斯坦皇家猫”会再次跑回来，也就是几天的事。不用说，他在赚钱，以实现他伟大的抱负。猫学会了容忍电梯，甚至愿坐电梯上楼下楼了。塞米曾经自豪地说，一次，猫在顶层听到卖肉人来了，就设法按下电梯按钮，坐电梯下楼了。

猫的皮毛再一次光洁漂亮起来。它不仅是卖肉人的小推车圈内一只高贵的猫，而且被公认为是领“年金”者中的明星。卖肉人对它尊敬有加，连当铺老板的老婆那只喂奶油和鸡肉的猫都没有“阿纳罗斯坦皇家猫”那样的地位。尽管它生活富足，有社会地位，拥有“皇室名字”和“显赫家谱”，但是它一生中最大的乐趣是在黄昏溜出去，偷偷跑去贫民窟。不管是现在还是从前。

08. 猫与鼠

波斯童话

据记载，波斯科尔曼城曾有一只威严如巨龙的波斯猫猫王——他目光如闪电，捕猎时快如狮子，眼睛迷人，胡须长长，牙齿尖尖。他身形似鼓，一身皮毛似林貂一样又黑又亮。

没有谁比这只猫更快乐了，无论是刚出嫁的新娘子，还是好客的男主人看着满屋子客人时都没他快乐。

猫在人群中走来走去。

这只猫终日穿行在汤盆、杯子、牛奶罐和铺上桌布的餐桌之间，与它们为伍。

一天，他看到酒窖的门开了，便兴冲冲跑进去看能否抓只老鼠，于是他藏身酒缸后。这时，一只老鼠从墙角的老鼠洞中溜出来，迅速爬上酒缸，伸头一阵猛喝，喝醉了！他开始说胡话，幻想自己是只无所畏惧的狮子。

“猫呢？”他吼叫着，“我要砍掉他的头，像在战场上那样，取他的首级。猫在我面前，会比从我面前走过的狗还惨！”

那只猫闻听大怒，气得咬牙切齿。说声迟，那时快，他弓身一跃，老鼠已在他利爪之下，吼道：“小老鼠，还要砍掉我的头吗？”

“我是您的仆人，”老鼠说道，“恕我无罪吧，我喝醉了。我是您的奴隶，耳上穿孔、套车驾辕的奴隶。”

“还是少说谎吧。”猫说，“有你这样撒谎的吗？你说的我都听到了，你将为你的言行付出生命代价。我会让你比狗死得更惨。”

于是猫咬死了老鼠，吃了。可是到后来，猫为自己的所作所为感到后悔，于是跑去忏悔：“我很后悔，再也不会用牙撕咬老鼠了。我将把面包送给那些饥饿的人。赦免我的罪过吧！”

他说过来说过去，说了很多遍，他是真心忏悔。到后来，他悲痛得不能自已，痛哭流涕。

一只小老鼠恰巧伏在他后面，偷听到猫的忏悔，迅速跑到其他老鼠跟前，把这个令人难以置信

的好消息告诉他们。他累得上气不接下气，学给大家那只猫如何哭着忏悔："请原谅我的罪过，我真是个大傻瓜。"小老鼠接着继续描述猫如何虔诚悔过。

老鼠们一听，高兴得手舞足蹈，他们太高兴了。七个村子每村一位，被大家逐村推选出来的七大首领，齐刷刷站起来，为猫终于成为虔诚的信徒而向大家祝贺。

大家又唱又跳，"啊！啊！呼！呼！"拿起红酒白酒猛喝，喝了个尽兴。有两只老鼠敲起钟，两只老鼠打起快板，还有两只高声欢唱。一个老鼠身背托盘，上面全是珍馐美味，他们尽情享用。一些老鼠抽起了水烟，另一些装扮起了小丑，其余的各操各的乐器，各弹各的调。

宴饮过后没几天，鼠王发话了："朋友们，给猫备些厚礼去吧，给猫贺贺！"老鼠们便四散去备礼物。很快大家就又聚拢来，带来了能拿得出手的礼物，就是送给贵族，也不掉价。

有的拿了瓶酒，有的端了盘葡萄干，还有的拿了盐渍的干果和瓜子、大块的奶酪、大盆的糖果、开心果、糖裹的小蛋糕、成瓶的柠檬汁、印度披肩、帽子、风衣，还有其他东西。

他们小心翼翼地把礼物呈给猫王。在猫王面前，他们屈膝跪拜，额头触地，颂扬他："大王，您是我们鼠类的救星，我们带着礼物孝敬您来了，我们恳求您赏脸收下。"

那只猫暗想："善有善报。虽然我一直忍饥挨饿，今天我已得解脱，回报还真丰厚。"

接着他转身面向老鼠，让他们靠近些，并称呼他们为朋友。他们战战兢兢走向前，怕得都不知道自己是怎么走过去的。当他们走近时，猫一下子朝他们扑了过去。

被他逮住了五个，个个都是村里管事的。前爪抓了俩，后爪抓了俩，另一个衔在了嘴里。其余的老鼠好歹捡回了条命。

拖着一只老鼠的尸首，他们飞快地把这个令人悲痛的消息带回，说："弟兄们啊，你们咋还坐在那儿动也不动？年轻人，那只残忍的猫用他那尖利的爪牙抓住了我们五个毫无防备的同伴，然后把他们杀害了。”

接下来的五天里，他们身着租来的孝服，头上撒土进行哀悼。接着，他们说：“我们必须前去禀报大王，一定要告诉他这场大不幸。”

于是他们起身，满怀悲痛前行。一只老鼠打着闷鼓，一只鸣着丧钟，所有的老鼠都围着围巾，泪水如溪水般沿胡须流下。

当他们行至宫廷，见鼠王端坐在御座之上，他们齐身下跪，说：“我主在上，我们都是您的子民。看吧，那只猫忏悔后如何更加残忍地对待我们。先前，他每年只抓我们当中的一个，现在他胃口大了，一次抓五个才能满足他。”

闻听此言，鼠王怒气如滚水般沸腾起来。但他还是和颜悦色，和他们说话，招呼他们，安慰他们，发誓定会严惩猫王，并将此誓言宣告天下。

照顾到来访者的悲痛情绪，他下令以隆重的葬礼埋葬那些死去的老鼠。他们随之哀悼一周，就像死去的是皇室成员一样。他们把准备好的甜食放进篮子，流着泪，带至墓前。

葬礼过后，鼠王下令军队于某日在鼠城周围漫无边际的沙地平原集结。他向他们训话：“勇士们，那只猫如此残忍地对待我们的同胞，他天性残忍，十恶不赦。我们现在必须向科尔曼城进发，与他开战。”

于是，三十三万只老鼠身佩宝剑，手持火枪和长矛，倾巢而出，一路上旌旗飘飘。一位从沙漠走出来的商人，正娴熟地用根长杆在疾驰的骆驼背上保持身体平衡，眼见大军气势汹汹而来，大为震惊，一下子跌落驼背。几队老鼠因此队形稍乱，但大部队无所畏惧，勇猛向前。

正当军队准备投入战斗，鼠王再次向他们训话：“年轻人，你们应该派位使者前去见猫，使者必须有才干，谨慎小心，能言善辩。”他们齐声呐喊：“悉听遵令，牺牲生命，在所不辞。”

正巧有这么一位担任省长的博学善辩的老鼠堪当此任，鼠王便命他作为使者，前去科尔曼城与猫王交涉。鼠王话音未落，他一下子从队列中跳出，像从沙漠吹来的一阵风似的，瞬间便大大方方来到猫面前，说：

“我作为鼠王派来的使者，带着悲伤和疲惫而来。你要知道，我主决心与你一战，并率大军前来取你首级。”

猫大吼一声：“回去告诉你们鼠王，吃土去吧！出不出城，我说了算。”于是他派手下迅速召集能征善战而又擅长捕鼠的猫，从太阳之地卡赫拉桑前往科尔曼城。

这边猫的军队刚准备好，猫王就下达行军令，并许诺，他将于次日亲临战场。猫的部队骑马前来，个个猛如饿虎。老鼠们也翻身上马，全副武装，怒气冲天。两军各自挥舞着战刀，冲向对方阵营。

两军奋勇厮杀，战死者无数，尸横遍野，连战马都无处下蹄。猫军作战勇敢，攻势凌厉，很快冲破了鼠军第一道防线，接着是第二道，很多鼠军将领被杀死。鼠军一看，大势已去，转身就逃，边逃边喊：

“赶紧逃命去吧，年轻人！”

后来，鼠军重整旗鼓，迎击追兵，攻击猫军右翼。

激战正酣时，一名鼠军骑兵用长矛刺向猫王。猫王昏迷倒地，还未等猫王爬起来，鼠军一拥而上，俘虏了他。猫军因此大败，垂头丧气，向科尔曼城撤退。

猫王被五花大绑，严刑拷打，直至昏死过去。平原上回荡起咚咚战鼓声和胜利的欢呼声。鼠王端坐在宝座之上，下令将猫王带上殿来。

“恶棍，”他骂道，“我是鼠王，听我说，你们为什么要吞食我的子民？”猫王战战兢兢，低头不语。过了几分钟，他说：“我是您的奴仆，今生今世都是。”

鼠王吩咐道：“将这只黑脸猫押至刑场，我要亲手宰了他，为我死去的臣民报仇雪恨。”

于是他翻身登上象背，卫兵们耀武扬威，在前面开道。猫王双手被绑，站立哭泣。待鼠王赶至刑场，一看猫还未被执行死刑，便大声怒叱行刑的鼠

兵："为何还让囚犯活着？立即绞死他！"

恰在此时，一鼠骑兵急匆匆地从王城赶来，向鼠王求情："赦免这只可怜的猫吧，他不会对我们产生威胁了。"然而鼠王不听，下令将猫立即处死。行刑兵吓得不知所措，犹豫了一下，不愿执行命令。

不消说，鼠王震怒了。"愚蠢！你们现在可怜他，将来他会再次拿你们献祭的！"

猫王一看到鼠骑兵，精神为之一振。他纵身一跃，恰如猛虎扑食，挣断了绳索，一下子抓住了五只倒霉的老鼠。其他老鼠惊恐万状，四下奔逃，绝望地大喊：

"快拿枪打他！砍下他的头。像勇士一样勇敢地战斗啊！"

鼠王见状不好，吓得一下子昏死过去，猫王趁机扑上去，扯下他的王冠，将绳索往他脖子上一套，把他吊起来，鼠王当即毙命。

接着猫王四下出击，左杀右砍，鼠军纷纷倒地毙命，一败涂地。经此一战，再无一只老鼠敢反对他了。